I0572692

www.ingramcontent.com/pod-product-compliance
Lightning Source LLC
Chambersburg PA
CBHW061121100726
47911CB00013B/638

طاغوت و یاقوت هر دو زن بودند

۱۶ داستان کوتاه

همایون کاتوزیان

عنوان: طاغوت و یاقوت هر دو زن بودند

نویسنده: همایون کاتوزیان

انتشار: فروردین ۱۴۰۴

شابک: ۵-۴-۰۶۸۶۲۲۰-۱-۹۷۸

فهرست

سپاسگزاری

به همه دوستان عزیز و ارجمند که در انتشار این کتاب مرا یاری کردند ولی به ویژه دوست مهربانم دکتر سعید برزین که، کل امور تنظیم و انتشار در دست توانای او بود، و هنرمند شایسته آقای شعیب ابوالحسنی، که زحمت طرح روی جلد را کشید، بسیار مدیونم.

طاغوت و یاقوت هر دو زن بودند *

روز پائیزی قشنگی بود. یکهو ابرها همه جمع شدند یکجا. هوا تاریک شد. باد شدیدی آمد و در و پنجره‌ها به هم خوردند. رفتم پنجره‌ها را ببندم که چشمم افتاد به خیابان. انگار باد تمام خاک‌های خیابان پهلوی را از دم پنجره‌ی من با هرچه روزنامه‌ی کهنه و برگ خشک بود می‌برد. رعد و برق شد؛ بعد هم رگبار. هرکسی به یک طرف می‌دوید و به زیر بالکنی و طاقی پناه می‌برد تا بعد برود پی کارش.

ده دقیقه‌ای همینطور مثل سیل آب از هوا می‌ریخت و من از پشت پنجره شاهد رقص طبیعت و انسان بودم. ناگهان باران ایستاد، و مثل اینکه چراغ‌های آسمان را روشن کرده باشند هوا روشن شد. پنجره را باز کردم و بوی خاک مرطوب را با نسیم خنکی که می‌وزید بلعیدم. همین سبب شد که هوس کنم بروم پارک

---

* سپاس بسیار از الهه عروضی که تجربه ساده‌ای را که برای من نقل کرد مبنای نگارش این داستان شد اگرچه به انقلاب هیچ ربطی نداشت و تقریبا همه داستان پردازی از من است.

راه بروم. مخصوصا که دکتر گفته بود پیاده‌روی برای راحت زائیدن خوب است. با اینکه پنج ماهم بیشتر نبود شکمم آنقدر بزرگ بود که همه فکر می‌کردند همین فردا خواهم زائید. ژاکتی روی دوشم انداختم و به پارک زدم.

چقدر هوا لطیف شده بود. چقدر زندگی مطبوع بود. چقدر درخت‌ها با برگ‌های رنگ و وارنگشان زیبا بودند. و عجیب بود که هنوز در آن دود و کثافت شهر آدم قمری می‌دید. نفس عمیقی کشیدم که لذت بودن را تا ته وجودم احساس کنم. پیرمردی عصازنان از دور می‌گذشت. زن و مرد جوانی روی نیمکت خیس روزنامه‌ای پهن کرده بودند، دست در دست و چشم در چشم. جای بازی بچه‌ها سوت و کور بود. توی گودی سرسره آب جمع شده بود.

چند شب پیش در مهمانی اخترالسلطنه می‌گفتند نویسندگان نامه نوشته‌اند و اعتراض کرده‌اند. آقای مقتدری گفت «خوشی زیر دلشان زده. اینها فقط بلدند نق بزنند». پرویز گفت «اگر یک ذره آزادی تو مملکت وجود داشت حرف شما درست بود». آقای مقتدری رفت توی شکمش که «حضرت عالی نون کیو می‌خورین؟» و زن آقای مقتدری چنان زل زده بود تو چشم‌های پرویز که فقط خود آقای مقتدری نمی‌دید.

داشتم فکر می‌کردم که دو سال دیگر دست بچه‌ام را می‌گیرم و در همین پارک گردش می‌کنم. دستم را روی شکمم می‌گذاشتم و قربان صدقه‌اش می‌رفتم. یاد بچگی خودم افتادم، وقتی که نزدیک هتل دربند می‌نشستیم. و خیلی شب‌ها که مادر و پدرم بیرون بودند با خدمتکارها می‌رفتیم توی تراس و رقص و آواز هتل دربند را تماشا می‌کردیم. و همینطور هم شد که من رقص عربی یاد گرفتم و برایشان می‌رقصیدم. خدیجه سلطان می‌گفت «قربون شکل ماهت برم ترانه خانم، یه قر دیگه بده».

از در پارک که خارج می‌شدم چشمم به یک زن چادر مشکی افتاد که یک بقچه به بغلش بود. فکر کردم وقت ورود هم او را در همان نقطه دیده بودم، ولی بی‌حواس. از پهلویش که می‌گذشتم نگاهش گم بود؛ غمگین و پرتمنا. چادرش زیر باران خیس شده بود. ولی ژنده نبود. کفش و جورابش هم نشان می‌داد که گدا نیست. پس چرا آنجا نشسته بود؟ نمی‌دانم چه شد که از وسط خیابان برگشتم - آن هم بعد از اینکه توانسته بودم یک لحظه ماشین‌ها را غافل کنم که من و بچه‌ام را زیر نکنند. برگشتم. برگشتم روبروی زن چادر مشکی، گفتم «خانم اگر منتظر اتوبوسید ایستگاهش نزدیک چهارراه است». با صدای ضعیفی گفت «خانوم‌جون کارگر نمی‌خواهید؟»

سر کوچه‌ی خودمان که رسیدیم تازه متوجه شدم که دارم یک آدم غریبه را به خانه می‌برم. یک زن کوچولوی چادر مشکی را. بعد از اینکه نگاهی به در و دیوار و کتاب و نقاشی کرد گفت «خانوم‌جون فردا سجلم را براتون میارم». شناسنامه‌اش را می‌گفت. گفتم «باشه». گفت «اسمم پروانه‌س». گفتم «خوشوقتم». نگاه بهت‌آمیزی به من کرد که خودم خجالت کشیدم. فوری کاسه بشقاب‌ها را که از ناهار روی میز مانده بود برد توی آشپزخانه.

دم در کفش‌هایش را کنده بود و چادر و بقچه بندیلش را همانجا گذاشته بود. من نشستم سر میز و یک سیگار روشن کردم. آشپزخانه و ناهارخوری به هم باز بودند، همینطور که ظرف می‌شست نگاهش می‌کردم، اما نه جوری که متوجه باشد. به نظرم چهل و دو سه ساله آمد، اما خدا می‌داند. شاید سی و دو سه سال بیشتر نداشت. کوچک‌اندام بود، با موهای قهوه‌ای پررنگ که به پشت سرش سنجاق کرده بود. صورت بیضی، دماغ کوفته‌ای ولی نه گنده، دهن غنچه‌ای و چشم‌های میشی متوسط با نگاهی نجیب و غمگین.

سیگارم که تمام شد رفتم تو آشپزخانه آب گذاشتم برای چایی. گفتم «آشپزی بلدی؟» گفت «خانومجون هر چی بخواین براتون می‌پزم». گفتم «چه خوب، من از وقتی آبستن شده‌ام دائم ویار می‌کنم غذا بخورم».

ـ بچه اولتونه؟

ـ آره.

ـ حتما پسره.

ـ از کجا میگی؟

ـ چون شیکمتون خیلی نوک تیزه. واسه دختر پهن میشه.

دیگر نگفتم که خودم دلم دختر می‌خواهد. معلوم شد پروانه هم دو تا بچه دارد. گفتم که اسمش را همان موقع ورود به خانه گفت: «اسمم پروانه س ولی تو سجلم نوشتن طاهره». چایی را که دادم دستش آمد روی زمین جلو من نشست. گفتم «بنشین روی صندلی». گفت «خانومجون زمین راحت‌ترم». کیک شکلاتی تعارفش کردم نخورد. یعنی گفت «ناهار خوردم». یک تکه بریدم پیچیدم در کاغذ دادم دستش. گفتم «روز می‌تونی بیایی؟» گفت «خانومجون شب هم حاضرم بمونم». گفتم «حالا روز بیا تا بعد ببینم چی میشه». کیفم را که باز کردم فقط دو تا پنجاه تومانی در آن بود. یکی را دادم دستش گفتم «فعلا این را داشته باش. بعد با هم حساب می‌کنیم». سرش را پائین انداخت و پول را گذاشت لای سینه‌اش. استکان‌ها را که شست چادرش را سرش انداخت و رفت. تلفن زدم به مادرم که بگویم دیگر لازم نیست یکی از کارگرهایش را برای کمک به من بفرستد. بتول جواب داد. گفت «ترانه خانم سجلش را گرفتی؟ ضامن دارد؟» گفتم «بابا این بیچاره دزد نیست». گفت «همین دو هفته پیش خونه دکتر صفیری را در چار راه حسابی، پاک کردند و بردند».

***

فردا سر ساعت نه زنگ زد. من هنوز در لباس خواب بودم. پنج دقیقه بعد در اطاق خوابم را زد، با سینی نان و پنیر و چایی. با اینکه یک بار ساعت هفت صبحانه خورده بودم خوشحال شدم. جارو و پارو را بهش نشان دادم. دوش گرفتم و رفتم.

من معمولا راهم به خیابان‌های مرکزی و جنوبی شهر نمی‌افتاد. اما آن روز باید به بانک خیابان فردوسی سر می‌زدم. از چهارراه استانبول که رد شدیم دیدم شلوغ است. پاسبان‌ها سر کوچه‌ها ایستاده بودند. یک کامیون پر از پاسبان هم سر چهارراه بود. هر چه پائین‌تر می‌رفتیم شلوغی بیشتر می‌شد. راننده دم در بانک ایستاد و گفت «خانم فورا بروید تو. هر وقت کارتان تمام شد پشت در از شیشه نگاه کنید تا من بیایم». گفتم «اکبر آقا چه خبره؟» گفت «خانم شهر شلوغ شده». دیگر فرصت نبود. فقط از دم پیاده‌رو تا در بانک که رسیدم یک دسته را دیدم شعار می‌دادند «خدا نگهدار تو، خدا نگهدار تو / بمیرد، بمیرد، دشمن خونخوار تو». یاد حرف آقای مقتدری افتادم، آن شب، و حرف پرویز. اما برای من که قیام مه ۶۸ را در پاریس دیده بودم این چیزی نبود.

***

پروانه همه چیز را شسته و همه جا را رُفته بود. اما از همه بهتر اینکه معلوم شد دزد نیست. گفتم «پروانه تو شهر چه خبره؟» گفت «خانومجون خدا ذلیلشون کنه». گفتم «خدا کیو ذلیل کنه؟» گفت «همونها که به جون این مردم بدبخت افتادن. خانومجون هیچ میدونین روزی چند تا جوون کشته میشه؟» نمی‌دانستم چه بگویم، ولی او ادامه داد: «دیروز تو روزنومه هر چی فحش و اِسناد داشتن به آیت‌الله دادن. آخه خانومجون مگه اینجا مسلمونی نیس؟» راستش از دیروز ظهر از خانه بیرون نرفته بودم. بهمن هم که نه خودش سیاسی بود، نه هیچ وقت

درباره این چیزها حرف می‌زد. برای اینکه سکوت را بشکنم گفتم «خوب اینجوری که بیشتر آدم کشته میشه». گفت «خانومجون، ملت جون به لبش رسیده. مرگ یه بار، شیون یه بار. بذار این دزدا و کافرا و اجنبوتیا هممونو بکشن، راحت بشیم». چشمم که به چشمش افتاد، سرش را پائین انداخت و با همان نجابت ذاتی‌اش گفت «خانومجون، بلانسبت شما، ها، بلانسبت شما».

بعد نگاهی به من کرد و یک تکه کاغذ در آورد: «این تلفن اونهایی است که براشون کار می‌کردم. دو ماه حقوقمو خوردن، حالا سجلمُ هم نگه داشتن نمیدن. میگن برو شیکایت کن». مکثی کرد و گفت «خانومجون من کارگری نمی‌کردم، ولی دیدم انصاف نیس بیشتر از این سربار مادر پیرم بشم. آقای عدالتخواه دکتر مهندسه. واسه دولت چیز می‌سازه. با من همیشه مث یه زرخرید رفتار می‌کردن. حالام که از دستشون فرار کردم پولمو خوردن، سجلمو هم نمیدن. دیشب که رفتم اونجا، خانم درو محکم زد به هم، گفت برو شیکایت کن. آخه تو این مملکت آدم بدون سجل حق مردنم نداره».

شب بهمن تلفن زد به عدالتخواه. او هم بعد از این که هزار جور به این زن بیچاره تهمت زد گفت یکی را بفرستید شناسنامه‌اش را بگیرد. همان شب اکبر آقا رفت و شناسنامه را گرفت.

٭٭٭

دو ماه از این گذشت و من و پروانه به هم انس گرفتیم. گاهی وقت کار کردن می‌دیدم که دزدکی اشک می‌ریزد و با خودش چیزی می‌گوید ولی برای این که فضولی نکرده باشم چیزی نمی‌گفتم. یک روز بالاخره دلم خیلی سوخت. گفتم «پروانه، آخه چی شده؟» خودش را فوری جمع کرد و گفت «خانومجون چیزی نیس. غمباده. گاهی میاد. خدا شما را سلامتی بده».

تا آن وقت چند شب خانه‌مان مانده بود، یعنی هر شبی که بهمن برای کارش مسافرت بود. دفعه‌ی اول خودش پیشنهاد کرد. بعد عادتش شد که سه‌شنبه شب‌ها بماند و با من یک برنامه سریال را تماشا کند. اول می‌گفت «ما تلویزیون نداریم. میگن آقا گفته حرومه». بعد خودش یک کلاه شرعی ساخت و گفت «لابد منظورشون اون چیزهائیس که قباحت داره. مام که اونها رو نیگا نمی‌کنیم».

صبح‌ها که می‌آمد با کلید خودش در را باز می‌کرد. صبحانه‌ام را می‌آورد. بعد که خانه را تمیز می‌کرد می‌آمد تو اطاق خواب می‌گفت «خانومجون پاشین، حوصله‌تون سر میره». می‌گفتم دو تا قهوه ترک درست کن بیار فالمُ بگیریم ببینیم دنیا دست کیه. موزیک کلاسیک می‌گذاشتم. اول سرش نمی‌شد. یواش یواش گوشش عادت کرد. بعد فهمید که موسیقی را می‌نویسند. یعنی همین که من می‌گفتم این موتزارته، این بتهوونه، این باخه. اول می‌گفت «یعنی چی؟ خب مطربا می‌زنن دیگه».

باهاش درباره موتزارت صحبت کردم که چطور در فقر و فلاکت مرد. یا باخ که هیجده تا بچه داشت (که گفت ماشالاه. حالا می‌گن مسلمونا بچه زیاد میارن.) یک بار حرکت چهارم سنفونی نُه بتهوون در اوج کمالش بود. گفتم «میدونی وقتی اینو می‌ساخت به کلی کر بود؟» گفت «خانومجون مگه میشه؟» بعد آنقدر عادت کرد که یک وقت که سنفونی هفت بتهوون را گذاشته بودم گفت «خانومجون، این همون کرهس؟». یک روز یک نوار آورد. گفت «خانومجون پاشین اینو بزنین، پورانه، خیلی خوشّون میاد». نشان به همان نشانی کَه تا سه روز از صبح تا عصر به پوران گوش دادیم و کیف کردیم.

یک شب سر شب سخت زیر دلم درد گرفت، انگار که همین الان خواهم زائید. با اینکه هنوز هشت ماهم نشده بود. گفتم «پروانه، زود باش بریم حموم سر و

تن منو حسابی بشور، چون وان تو خونه آنقدر که باید جواب نمیده». رفتیم خانه‌ی مادرم که در زیرزمینش حمام ساخته بود. هم بتول هم پروانه می‌گفتند شب نباید حمام رفت، چون وقت حمام جن‌هاست. خنده‌ام گرفت.

ـ خانوم‌جون، داستان قوز بالا قوزو نشنیدین؟

ـ نه.

ـ یه قوزی یه شب کله سحر، گرگ و میش، رفت حموم دید جماعتی جمعند و می‌زنند و می‌خونند. اونم شروع کرد بشکن زدن و رقصیدن. یهو دید پاهاشون سم داره. اومد فرار کنه بردنش پیش شاپریون. گفت امشب عروسی دخترمه. چون تو تو شادی ما شریک شدی یه چیز از من بخواه بهت بدم. قوزی گفت قوزمو درست کن. شاپریون چشمشو به هم زد، پشتش راس شد.

ـ خب، اینکه بد نیست. منم به شاپریون میگم «اون کره» رو بیاره دو ساعت باهاش حرف بزنم. منظورم بتهوون بود.

ـ به، این فقط نصف داستان بود. قوزیه که پشتش راس شد، یه قوزی دیگه تو محلشون خبر شد. کله سحر رفت حموم. تا چشمش به جمعیت افتاد شروع کرد به زدن و رقصیدن. بردنش پیش شاپریون. گفت من امروز پسرم مرده، ما عزاداریم.ای بیاین اون یکی رم بذارین پشت این. این شد قوز بالا قوز. جن هام دورش می‌چرخیدن و می‌خوندن: «قوز بالا قوز چه خوب میشه؛ یه قوز دیگم که روش میشه!»

گفتم «خب، امشبم عروسی جن هاست» و دیگر مجالش ندادم. حمام خانه مادرم خیلی قشنگ بود. اطاق چارگوش بزرگی بود. یک طرفش با کاشی نقش همه‌ی ماها را ایستاده پهلوی هم کشیده بودند. وسط، یک خزینه مربع بود با کاشی آبی و سرمه‌ای. روبرو دو اطاقک بود، یکی سونا، یکی حمام بخار. دور تا دور اطاق

هم نیمکت چوبی کار گذاشته بودند. دگمه بخار را زدیم. بعد من لخت و پروانه نیمه لخت رفتیم توی اطاقک بخار. من رفتم زیر دوش، پروانه هم با کاسه از لگن آب داغ به سرش می‌ریخت. نشستم روی سکو و پروانه به کیسه کشیدن. که ناگهان ... ناگهان برق رفت و ظلمات شد. یک مرتبه جیغ کشید.

جیغ می‌کشید و می‌گفت «وای خانومجون، چشماتون قرمز شده، وای یا حسین مظلوم، چشماتون قرمز شده». داشتم از ترس زهره ترک می‌شدم. گفتم «آخه اینجا که چشم چشمو نمی‌بینه». جیغ می‌کشید و می‌گفت «یا قمر بنی‌هاشم، خانومجون من می‌بینم، چشماتون قرمز شده». از در حمام صدای بتول را شنیدم که داد می‌زد «ترانه خانم، قربونتون برم، بسملا بگین، بسملا بگین». هر سه با هم از ته دل داد زدیم «بسم الله الرحمن الرحیم». و یک صدای بمی توی حمام پیچید «الحمد لله قاصم الجبارین».

من تقریبا ضعف کرده بودم که برق آمد. بتول گریه کنان و خنده کنان می‌خواند و می‌رقصید: این آیه را خدا گفت. جبریل بارها گفت. بعد پروانه با او هم‌صدا شد: «صل علی محمد، صلوات بر محمد». و بعد ادامه دادند:

سیصد سلام و صلوات، بر طاق روی احمد

صل علی محمد، صلوات بر محمد

به خانه که برمی‌گشتیم پروانه گفت «خانومجون سقم سیا. بخدا چشماتون قرمز شده بود. یمن نداره. بایس اسفند دود کنین».

❊❊❊

یک روز پروانه مرخصی گرفته بود. من پا به ماه بودم. صبحانه را جمع کردم ولی جارو و پارو را گذاشتم فردا پروانه بکند. دکتر آزمایش داده بود و می‌رفتم آزمایشگاه. هوا سرد بود. هنوز برف پریروز روی زمین بود و سوزی که می‌وزید

می‌گفت باز هم خواهد آمد. راننده‌مان اکبر آقا چند وقت بود ته ریش گذاشته بود. من که هیچ وقت از دور و بر خانه‌ی خودم و مادرم در شمران دور نمی‌شدم، حس کردم که زن‌ها در خیابان جور دیگری شده‌اند. آستین‌ها بلند، صورت‌ها کم توالت، بعضی حتی روسری به سرشان بود. زن‌هایی را می‌گویم که داد می‌زد بی‌حجابند. هر چه پائین‌تر می‌آمدیم تعداد پلیس و سرباز بیشتر می‌شد. نزدیک‌های چهارراه پهلوی که رسیدیم به کلی راه‌بندان بود.

اکبر آقا گفت «خانم دور می‌زنم، بلکه از طرف بولوار راه باشه». گفتم «خیله خب، ولی یه دقیقه وایسا پیاده شم تماشا کنم». گفت «وای خانم جان مگه میشه، آخه میگن شما طاغوتیین». همچی اصطلاحی تو عمرم نشنیده بودم، گفتم «گفتم چی چی ام؟» مکث کرد. بعد با خجالت گفت «آخه روسری سرتون نیس». روسری ابریشمی را که عمه جان دور حرم طواف داده بود از کیفم در آوردم و سر کردم.

جمعیت موج می‌زد. دسته جلو داد می‌زدند: «برادر ارتشی، چرا برادرکشی؟» پشتشان می‌گفتند «فرمانده ارتشی، تویی که آدمکشی». نیروهای انتظامی نگاه می‌کردند. یک مرتبه یک دسته جوان دویدند جلو داد زدند:

کشتار دانشجویان

به دست شاه جلاد

بگو مرگ بر شاه، بگو مرگ بر شاه

پلیس و نظامی با باطوم و ته تفنگ حمله کردند. محشری شد که به عمرم ندیده بودم. حتی در قیام ماه مه پاریس. تازه آنوقت من یک دختر بچه بودم و حالا یک زن جوان پا به ماه. آنقدر شلوغ بود که فقط پشتم را به دیوار دادم و دستم را جلو شکمم گرفتم. یکهو پروانه را دیدم که دارد از زیر باطوم پلیس‌ها می‌دود

به این طرف. چنان داد زدم که شکمم درد گرفت. اکبر آقا هر طور بود خودش را به من رساند و جلوم حائل شد. گفتم «برو به پروانه برس». داد زد «پروانه، پروانه، پروانه ...» دفعه‌ی آخر پروانه روش را به طرف ما کرد. اکبر آقا با کله زد توی جمعیت، دست مرا کشید و هل داد تو اتومبیل. گفتم ترا به خدا به پروانه برس. رفت پروانه را بغل زد انداخت تو ماشین. صورت هردوشان خونی بود. معلوم شد باطوم شقیقه اکبر آقا را شکافته و خون به صورت هر دوشان ریخته. ولی خوشبختانه سطحی بود.

ماشین که راه افتاد پروانه گفت «یک جای خلوت منو پیاده کنین برم خونه». گفتم «می‌برمت خونمون». گفت «نه خانومجون باید برم خونه، وَگَنَه مادرم دق می‌کنه». گفتم «نشانی بده برسونیمت». گفت «نه، خانومجون، مگه میشه، شما نمی‌تونین اونجا بیاین». گفتم «اگر نگی میریم خونه خودمون». خانه‌شان ته شهر بود. خیابان خراسان، نزدیک شترخون. من اسمش را هم نشنیده بودم. اکبر آقا انداخت از پشت دروازه شمران، یعنی بعد از اینکه دور زد و از بولوار رفت خیابان شمران.

تو راه به خاطر من گاهی حرفش را با پروانه قطع می‌کرد و می‌گفت «اینجا سرچشمس ... اینجا رو میگن سه راه امین حضور. خانوم دست راسمون بازارچه نایب سلطنس، بستنی اکبر مشدی ... اینم میدون شاس ...». پروانه گفت «الهی ذلیل بمیره ... خدا به زمین گرمشون بزنه ... الهی به دو دست بریده ابوالفضل روز قیامت سگ سیا بشن واسه یه چیکه آب لهله بزنن ...» اکبر آقا دسّی به سر و رویش کشید و گفت «پروانه؟» پروانه رویش را برگرداند و گفت «خانومجون قربونتون برم، بلانسبت شما —ها — بلانسبت شما».

سر کوچه‌ی حاج مهدیقلی که ایستادیم من هم آمدم پائین. پروانه گفت «خانومجون برگردین تو ماشین. خدافظ». و به سرعت رفت طرف کوچه. شاگرد

بقال سر کوچه داد زد «باجی صورتتو بپوشون، اینجا مرد نامحرم هس». تا اکبر آقا از ماشین بپرد بیرون پروانه سرش داد زد که «خدا به همین شاه چراغ چشاتو بکنه بندازه جلو پات. تو صورت خانومو از کجا دیدی؟»

به اکبر آقا گفتم تو اتومبیل منتظر بماند. به عجز و التماس پروانه هم گوش ندادم و باهاش رفتم تو کوچه. گل تا قوزک پایم رسید. یکی دو زن چادر نمازی رد شدند. یک مرد مفلوکی هم با زیر پیرهن رکابی و شلوار پیژاما از کنارم رد شد. تعجب کردم که کسی به لباس این ایراد نمی‌گیرد. ولی بیچاره بود.

خانه‌ی بزرگ نیمه ویرانی بود. دور تا دور اطاق، در دو طبقه. تو ایوان طبقه‌ی دوم پروانه گفت «خانومجون یه دقه اینجا وایسین». چند لحظه رفت تو یک اطاق، بعد در را باز کرد و گفت «بفرمائین». مادر و خاله‌اش هر دو جلو آمدند و صورتم را بوسیدند. اطاق نسبتا بزرگ بود، با دو تا گلیم، و مقدار زیادی لحاف و دشک که در چادر شب پیچیده بودند. یکی‌شان که موش سفید بود دوباره بغلم کرد و گفت «ننه الهی قربونت برم» و سینه‌ام را بوسید. قدش همان به سینه‌ی من می‌رسید. ابروهایش مثل پروانه قیطانی بود، دماغش هم کوفته‌ای، ولی بزرگ‌تر از پروانه. قوری چایی روی بخاری علاءالدین بود، روی یک کتری.

همینطور که مادر و خاله قربان صدقه‌ی من می‌رفتند، به پروانه گفتند «صورتت چرا خونیه؟»

ـ باز تو رفتی تو جمعیت؟ آخه چقدر التماس کنم. مرتضی که از دست رفت. مصطفام که در واقع بی‌پدره. میخوای بی‌مادرشم بکنی؟»

چشم‌های مادرش پر از اشک بود. گفت «خانوم ببخشین، آخه ما خیلی بلا دیدیم».

ـ رفته بودم عقب مصطفی، نتونستم پیداش کنم. تظاهرات از میدون توپخونه شروع شد. تو شارضا بچه‌ها گفتن مرگ بر شاه، سربازام حمله کردن. اگه خانوم نرسیده بود معلوم نیس چی می‌شد.

مادرش باز بغلم کرد و این بار با فشار بیشتری سینه‌ام را بوسید. درست است که قدش به بالاتر از سینه‌ام نمی‌رسید، ولی از پروانه شنیده بود که من سیدم. در این حیص و بیص پروانه یک صندلی تاشوی فلزی از در و همسایه قرض کرده بود. گفتم «منم رو زمین میشینم». گفت «خانوم‌جون همونطور که من رو صندلی به عذابم، شمام رو زمین عذاب می‌کشین».

مرتضی و مصطفی پسرهای پروانه بودند. هیجده ساله و شانزده ساله. مرتضی فدایی شده بود و یک سال بود که متواری بود. مصطفی روزها مدرسه می‌رفت و شب‌ها پیش پینه‌دوز محل کار می‌کرد. خاله‌ی پروانه چایی ریخت. پروانه و مادرش یک بشقاب شیرینی خشک، یک نعلبکی نقل و یک کاسه کوچک آب نبات قیچی گذاشتند وسط؛ در یک آن چند آب نبات قیچی جویدم.

ـ خانوم من هر شب سر نماز دعات می‌کنم. خدا عوضت بده. خدا شوهرتو سلامتی بده. خدا یک کاکل زری نصیبت کنه ...

ـ من که کاری نکردم. و از خجالت سرخ شده بودم.

ـ خانم این دخترو زنده کردی. نمی‌دونی خونه اون دکتر مهندس چه به روزش میاوردن ...

خاله یک چایی دیگر ریخت و من تند تند چند تا آب نبات قیچی دیگر جویدم.

ـ خانم این دختر وعضش خوب بود. خودش به شانس و اقبالش لگد زد. حسین آقا به اون خوبی. تو خونسار تو پستخونه کار می‌کرد. هر سال برا ما یه ماشین برنج و روغن و قند و چایی میفرساد. زد به سرش، شوورشو ول کرد با دو تا بچه

قد و نیمقد اومد تهرون پیش ما... یعنی اول خودش اومد، بعد فرساد پی بچه‌ها...

یک نگاه گله‌آمیز به پروانه کردم. که یعنی چرا این‌ها را بروز ندادی. پروانه حرف مادرش را برید و گفت «مادر جون، باز شروع کردی؟»

ـ آخه به این خانم نگم، به کی بگم؟ پدرش از غصه این بچه حواسش پرت شد. یک شب رفت زیر ماشین.

خاله گفت «آخه مست بود». مادر گفت «ده آخه از غصه این بچه افتاد تو عرق»...

پروانه بلند شد: «خانومجون دیر شده. الان آقا میاد خونه نگران میشه». تو حیاط که رفتیم یک زن چادری جوان که چادرش را دور کمرش بسته بود و موهایش دورش ریخته بود لب حوض چمباتمه زده بود و داشت با خاکستر قابلمه می‌شست.

ـ سلام. بعد نگاهی به من انداخت.

ـ خانمتونن؟ (به پروانه گفت)

ـ آره

ـ خانم خیلی خوش آمدین. پروانه خانم خیلی از شما تعریف می‌کنن.

فلج شدم و یک تعارفی زیر لب کردم. از آن طرف کوچه صدا بلند شد:

دختر بدر الدجا امشب سه جا دارد عزا

دختر بدر الدجا امشب سه جا دارد عزا

گاه می‌گوید حسن، گاهی حسین، گاهی رضا...

پروانه گفت «خانوم‌جون صدا از تکیه محله. خیلی به ما نزدیک نیس. ولی شما اینجا وایسین، من برم اکبر آقا رو صدا کنم».

تو کوچه بوی لجن جوب پیچیده بود. بار این بچه تو دلی خیلی سنگین شده بود. اکبر آقا بازوم را گرفت. خانه که رسیدم استفراغ کردم.

***

جمعیت موج می‌زد. پلیس و نظامی اسلحه کشیده بودند ولی نمی‌زدند. یک قسمت از جمعیت پیچید تو بازارچه نایب السلطنه. شعار می‌دادند «مصدق، مصدق، خدا نگهدار تو». دکتر مصدق را با کت و شلوار و عمامه سر دست بلند کرده بودند. این جلو یک دسته پسر جوان با چوب‌های بلند داد می‌زدند «می‌کشم، می‌کشم، آنکه برادرم کشت». من دختربچه‌ام را چسبانده بودم به سینه‌ام و داشتم زهره ترک می‌شدم. داد می‌زدم «اکبر آقا، اکبر آقا»، ولی نفسم در نمی‌آمد. این طرف‌تر، پی‌یر با چند تا دختر و پسر مدرسه‌ی Sciences Po داشتند یک تیر راهنمائی را می‌کندند. داد زدم «پی‌یر... پی‌یر». سرش را برگرداند، ولی انگار مرا نمی‌دید. یعنی می‌دید، ولی نمی‌شناخت. به فرانسه گفتم «پی‌یر، منم، منم». دوستانش هم سرشان را برگرداندند و یک‌صدا داد زدند:

Capitaliste, fasciste, assassin

Capitaliste, fasciste, assassin

پلیس‌های فرانسوی با کلاه‌های گرد کپی‌شان باطوم کشیدند. یکی داد زد «بزنید این پدرسوخته‌ها رو همشون غربی‌اند». جمعیت داد زد:

یاقوت بحر خون میشه، طاغوت سرنگون میشه

من همینطور دختربچه‌ام را به سینه‌ام فشار می‌دادم و گریه می‌کردم. یک مرد ریشو درست مثل یک غول بیابانی پرید جلوم که «خاک تو سرت روز قیامت جواب خدا رو چی میدی؟» پروانه گفت «مرتیکه اجنبوتی، خدا به کمرت بزنه، تو رو سننه؟» ناگهان سکوت شد و بعد صدای عظیمی مثل یک بمب در فضا ترکید:

بسم الله قاصم الجبارین

پروانه گفت «ایوای خانوم‌جون، چشماتون قرمزه، چشماتون قرمزه». گفتم «پروانه چشمای تو هم قرمزه». پروانه بزرگ‌تر شد، قدش سه متر شد، نگاهی به هر طرف کرد و گفت «خانوم‌جون، چشمای همه قرمزه». چنان جیغی کشیدم که دیدم سرم تو بغل بهمن است. گفت «قربونت برم، چیزی نبود، فقط یه کابوس بود». قلبم چنان می‌زد که نزدیک بود بترکد. هق‌هق کنان گفتم «آره، فقط یک کابوس بود. فقط یک کابوس بود».

٭٭٭

پروانه کله‌ی سحر آمد. زودتر از همیشه. بیچاره باید دو تا اتوبوس عوض می‌کرد. دو ساعت در راه بود Requiem موتزارت را گذاشتم و سیگاری آتش زدم. گفت «خانوم‌جون آهنگ از این شادتر نبود؟» گفتم «این هم شادی خودشو داره». چایی درست کرد آمد پهلوم رو تخت نشست. گفتم «چطور شد تو حسین آقا را ول کردی؟»

— حسین آقا برادر زن دائیم بود که خونسار بودن. زن دائیم اومد تهرون منو براش خواستگاری کرد. من چهارده سالم بود. با مادرم و پدرم و خالم و شوور خالم شیرینی خوردن. ما همه با هم زندگی می‌کردیم، بعد که شوور خالم مرد، خالم پیش مادرم ماند.

ــ چند تا بچه بودین؟

ــ ما سه تا خواهر بودیم، دو تا برادر. خالم اجاقش کور بود. خواهر بزرگم زن یک آذربایجانی شد. حالا خوی زندگی می‌کنن. خواهر کوچیکم دو سالگی تب لازم کرد و مرد. برادرام الان ده ساله بحرینن، اونور خلیج فارس. ما زیاد ازشون خبر نداریم. دو سال یه دفه نامه میاد. گاهی یه جعبه شیرینی‌ام می‌فرسن.

ــ پس وقتی خواستگار آمد تو تنها دختر خونه بودی.

ــ بعله، رفتم خونسار. حسین آقا با مادرش و برادرش زندگی می‌کرد. یه حیاط کوچیک داشتیم با سه تا اطاق تو در تو. وعضمون بد نبود. مادرشم اذیت نمی‌کرد.

بلند شد رفت تو آشپزخانه. گفتم «یک چایی هم برای خودت بریز».

ــ من بعد از اینکه دو تا شیکم زائیدم تازه زن شدم. هنوز درست هفده سالم نشده بود. حسین آقا بیست و هفت هشت سالش بود. آدم خوبی بود. اذیت نمی‌کرد. کم حرف بود. سرش تو سر خودش و تو کارش بود. اما من هیچ احساس زنانه‌ای نسبت به او نداشتم. هر وقت می‌خواست وظیفه‌م رو انجام می‌دادم، ولی با چشم‌های باز. بعد از مرتضی و مصطفی تازه حس کردم دارم زن میشم. عاشق جواد شدم، برادر شوهرم. اون که از همون اول با من دستپاچه می‌شد، ولی من دلیلشو نمی‌فهمیدم تا اینکه زن شدم.

ــ چند سالش بود؟

ــ جوادم تقریبا همسال من بود. یک کمی بزرگ‌تر. همیشه، همه جا دنبال من بود، برای کار خونه، برای خرید، برای همه کار. من تموم زندگیم با جواد بود. با اون حرف می‌زدم، با اون می‌خندیدم، با اون گردش می‌رفتم. براش زیر ابرو ور می‌داشتم. صبح به عشق جمالش از جام پا می‌شدم. غذا به سلیقه اون درست می‌کردم. لباسشو می‌شسم.

یک لحظه مکث کرد و گفت «خانومجون شرم و حیا داره، ولی عاشق بوی عرق تنش بودم. پیرهنشو که تو آب خیس می‌کردم بوی تنش منو دیوونه می‌کرد. یک روز که می‌رفت مسافرت من هوایی می‌شدم. هر وقت می‌اومد خونه داد می‌زد «زن داداش، زن داداش، کجایی؟» خانومجون یک روز اومد خونه، من دس به آب بودم گوشه حیاط. یخبندان بود. آنقدر منو صدا کرد که بالاخره گفتم «جواد اینجام». همونطور تو حیاط وایساد تا من در اومدم.

— رابطه‌ای با هم داشتید؟

— وای خانومجون مگه میشه؟ جواب حسین آقا هیچی، جواب مادرشون هیچی، جواب مردم هیچی، جواب امام رضا رو کی می‌داد؟

— پس بالاخره چی شد؟

— چی می‌خواسین بشه؟ مادرشون پاشو تو یه کفش کرد که به جواد زن بده. اون اصلا دلش ازدواج نمی‌خواست. عاشق من بود. هر دفعه یه بهانه میاورد. اما چند ماه بعد از اینکه دسشو دم بزازی حاج علی میز بند کردن، گفتن که اللا و للا.

— براش زن گرفتن؟

— یه دختر پونزده ساله، مث ماه شب چهارده. اونشب من تا صبح گریه کردم. دهنم را چسبونده بودم به بالش. خودم را جمع کرده بودم که شونه‌هام که تکان می‌خورد حسین آقا بیدار نشه. اما مگه تموم شد؟ هر روز جمعه صبح کله سحر بقچه‌شونو ور می‌داشتن می‌رفتن به حموم‌های محل.

— خب که چی؟

ـ می‌رفتن غسل کنن، خانومجون، بعد مث دسته گل برمی‌گشتن. من جمعه صبحها خودمو می‌زدم به ناخوشی، سر نونچایی نمی‌رفتم که خوشبختی رو تو چشاشون نبینم ...

حرفش را قطع کردم و گفتم با حسین آقا چکار کردی؟

ـ تا می‌تونسم از حسین آقا دوری می‌کردم. وقتی هم که دیگه چاره‌ای نداشتم چشمامو باز میذاشتم و تو دلم قل هو الله می‌خوندم. دو دفه بالا آوردم. حسین آقا می‌گفت چرا دکتر نمی‌ری؟ می‌گفتم چیزی نیس. آخه من بچه شیردم. نه خواب داشتم، نه خوراک، خانومجون، داشتم از حال می‌رفتم.

ـ جواد از تو دلجویی نمی‌کرد؟

زد زیر گریه.

ـ جواد بو برده بود، ولی چیکار کنه خانومجون؟ تازه خودشم بعد از دو سه سال عشق و عاشقی خشک و خالی وعضش جور شده بود. رختخواب گرمی و غسل و حمومی ... خانومجون میخواسم بمیرم. تریاک خوردم خودمو بکشم. حالم به هم خورد بردنم مریضخونه نجاتم دادن. گفتم می‌رم تهرون دوا درمون کنم. شیش ماه افتادم خونه مادر پدرم، تا دم مرگ رفتم. بعدش هم هر چی حسین آقا اومد و رفت و عجز و لابه کرد گفتم نه که نه. بالاخره طلاقم داد و یک زن دیگه گرفت. بیچاره حاضر بود بچه‌ها رم نیگر داره. ولی من دیدم که بدون بچه‌ها دیگه هیچی نیسم. بازم مروت کرد بچه‌ها رو اوورد. حالا مرتضام که تقریبا سر به نیس شده. منمو این یه پسر، اینم هر روز میره تو خیابون ...

دستمال دادم دستش، اشکهایش را پاک کرد، دماغش را گرفت Requiem تمام شده بود. بلند شدم کنسرتو پیانو شماره دو رخمانینف را گذاشتم.

***

یک هفته نشد که دردم گرفت. بردندم بیمارستان. از شدت درد تقریبا بیهوش بودم. بالاخره سزارین کردند. پروانه خودش را رسانده بود. آن چند روز، روز و شب بیمارستان بود. همانجا می‌خوابید. یک دستمال نبات از طرف مادرش آورده بود. می‌گفت طواف امام رضاست. هی با آن قنداق درست می‌کرد و تو حلقم می‌ریخت. ولی از همان روز اول گفتند که دختربچه‌م یک انسداد قلبی دارد و باید عمل کرد. بهمن و مادرم فورا گفتند برویم پاریس. آنقدر جسم و جانم ضعیف بود که با آمبولانس بردندم به فرودگاه. پروانه یک ریز گریه می‌کرد.

به پاریس که رسیدیم فورا عمل کردند و بعد یک عمل دیگر، و باز هم یک عمل دیگر. ولی دخترکم از دست رفت. هنوز بیمار و داغدار بودم که رژیم سابق سقوط کرد. همینجا در پاریس. سه چهار سال با پروانه مکاتبه داشتیم، با همان خط و ربط سه کلاسه‌اش. وقتی زن روضه‌خوان محلشان شد براش هدیه فرستادم. مرتضاشان پیداش شد، حالا تو آلمان پناهنده‌ست. مصطفاشان ولی در صحرای کربلا به شهادت رسید. دو سه شب پیش بود که خوابش را دیدم. گفت «خانومجون قربونتون برم، چشماتون قرمزه». گفتم «پروانه، چشمهای تو هم قرمزه». گفت «خانومجون، چشمای همه قرمزه».

پسر تیمسار

محمد رضا میرویسی از کودکی ناتو و شرور بود. دائم در کوچه کتک کاری می‌کرد و یک بار سر یک پسر هشت ساله -یکی از بچه‌های کوچه- را شکست. که در نتیجه پدرش سخت از خانواده بچه عذرخواهی کرد و هزینه معالجه خصوصی او را برعهده گرفت. و خود او راهم درخانه کتک مفصلی زد. ولی مگر می‌شود با کتک بچه را تربیت کرد؟

از آن پس محمدرضا به شرارتش ادامه داد ولی مواظب بود مچش گیر نیفتد. دبیرستان که رفت تقریبا یک روز در میان از مدرسه فرار می‌کرد وبا بچه‌های لات که اصلا مدرسه نمی‌رفتند سه قاب می‌ریخت و ۲۱ بازی می‌کرد که غالبا سر برد و باخت دعوا می‌شد و در نتیجه یک روز خونین و مالین به خانه آمد که در درمانگاه محل او را باند پیچی کردند و سه روز درخانه بستری بود. چیزی نگذشت که چشم و گوشش هم باز شد و عرق النساء ش جنبید و یک مشکل دیگر بر مشکلات پدر و مادرش اضافه کرد.

سرگرد غلامرضا میرویسی یک سرباز سخت شاه پرست بود وبا دختر شریک الدوله کاشی ازدواج کرده بود که با اینکه ظاهرا نامش مهری بود همه او را شراکت خانم می‌خواندند. هر دو مرد وزن جدی و آداب دان بودند و به همین جهت از حرکات محمد رضا بسیار رنج می‌بردند و پیش فامیل و دوستان و آشنایان احساس خفت می‌کردند. البته دختر کوچک ترشان اشرف مودب و معقول و درسش هم در مدرسه خوب بود. ولی این مشکل آبروی خانواده را به کلی حل نمی‌کرد.

یک روز یکی از خویشان دلسوزشان گفت او را در مدرسه شبانروزی البرز بگذارید دکتر مجتهدی او را تربیت می‌کند. ولی مگر مجتهدی محمد رضا را با آن سابقه می‌پذیرفت. یکی از دوستان نزدیکشان حسین اسکوئی با میرعبدلله موسوی ناظم ارشد البرز دوست بود. با او جریان را در میان گذاشت و گفت درست به این دلیل که این پسر سر به هواست لازم است که او را در شبانروزی بپذیرید که هم دیسیپلین بپذیرد وهم شش روز در هفته در مدرسه محصور باشد و نتواند خیابانگردی کند. موسوی گفت بسیار خوب ولی از حالا به پدر و مادرش بگو که مجتهدی آدم سختگیری ست و اگر محمد رضا تقسی کند اخراجش خواهد کرد.

از قضا خیلی زودتر از آنکه گمان می‌رفت توجه اولیاء شبانروزی را به حرکات معمول خود جلب کرد. اگرچه مجبور بود سر کلاس برود ولی درس نمی‌خواند و صدای همه معلم‌ها را درآورده بود. یک روز هم یکی از فراش‌ها او را در حال بالا رفتن از دیوار پشت مدرسه گرفته بود که می‌خواست به خیابان بپرد. رسیدگی که کردند معلوم شد که این کارش سابقه داشته و فقط این بار بد آورده و گیر افتاده بود. هدفش دختران مدرسه انوشیروان دادگر بودند که نزدیک البرز بود. سخن کوتاه، در پایان سال تحصیلی مجتهدی او را با معدل ۳/۶ از البرز اخراج کرد.

در فاصله این چند سال میرویسی بر اثر سخت کوشی و جدیت سرهنگ ستاد شده بود و درآستانه سرتیپی قرار داشت. محمد رضا هم بیست و یکی دو سالش شده و کار هرزگی و عرق خوری و قمار بازی و دختر بازی را به حد اعلا رسانده بود. یک بار که به یک دختر شانزده ساله باکره به زور تجاوز کرده بود خانواده دختر از ترس آبروشان به پلیس شکایت نکردند و به سرهنگ میرویسی متوسل شدند.

محمد رضا گفت دختره خودش میشنگید حالا که کیفش را کرده دو قورت و نیمش هم باقیست؟ پدر دختر گفت جناب سرهنگ مجبورش کنید مهناز را بگیرد. سرهنگ گفت اولا این یک پشیز هم ندارد و پولهائی را هم که خرج اتینا میکند همه را از شراکت خانم میگیرد. من یک پاپاسی هم بهش نمیدهم و اصلا باهاش به زحمت حرف میزنم. ثانیا شما چطور میخواهید دخترتان را به چنین موجود الدنگی بدهید. پدر مهناز گفت آخه دخترم باکره بود. سرهنگ گفت دکتر اصانلو را ببینید او درست میکند. هزینهاش راهم از من بگیرید.

لشبازیها و آبروریزیهای محمد رضا همچنان ادامه داشت تا پدرش سرتیپ شد و به طبقه تیمسارها پیوست. و این یک تیغ دولبه شد. یک لبه آن آبروی تیمسار را میبرد و میبرید و یک لبه آن را هم محمد رضا برای زورگویی هایش به کار میبرد چون حالا پسر تیمسار شده بود و دیگر شمر جلو دارش نبود. یک بار که تو کلوب ایران پای میز قمار بود در یک بگو مگوی خشم آلود زد من پسر تیمسار میرویسیام. سناتور کمال امامی گفت میرویسی کیه که تو پسرش باشی. یکی از آشنایان میرویسی که آنجا بود فردا واقعه را با تلفن به او گفت. کمال امامی هر سناتوری نبود و تیغش خیلی میبرید. میرویسی به او تلفن زد و گفت این پسر من نا اهل است و من حاضرم شخصا خدمت برسم و عذرخواهی کنم. سناتور گفت تشکر میکنم. لزومی ندارد. فقط سفارش کردهام که دیگر آقازادتان را به کلوب راه ندهند.

دو سه سالی نگذشته بود که میرویسی ترفیع گرفت و سرلشکر شد. پیش از آن اما میرویسی که دیگر طاقتش از دست رسوائی‌های محمد رضا طاق شده بود او را رسما از خانه‌اش اخراج کرده بود و حالا در بالاخانه‌ای در خیابان پهلوی که مادرش اجاره‌اش را می‌داد زندگی می‌کرد. البته کمک مالی مادرش کفاف زندگی پر شر و شور او را نمی‌داد و او خود چند سال بود با یک دسته قاچاقچی تریاک و هروئین همکار بود. تا وقتی که گیر افتاد. باند کوچکشان را این بار سازمان امنیت توسط نفوذی‌ای که اخیرا وارد باندشان کرده بود کشف کرده.ای داد بیداد. پسر سرلشکر میرویسی بزودی به جرم قاچاق مواد مخدر دادگاهی می‌شد.

میرویسی سرآسیمه به دیدن دوستش سرتیپ مقدم از روسای بالای ساواک رفت و گفت نادر جان دستم به دامنت به دادم برس. مقدم گفت غلام جان این یکی را می‌توانیم ماست مالی کنیم ولی بعدی را چی؟ هیچ فکرش را کرده ای. پسرت یک مرد بیست و هشت ساله است. میرویسی گفت بله نادر جان والله در مانده ام. موهای مادرش از دست این پسر سفید شده. مقدم گفت یک راهش این است که اصلا عضو ساواک بشود. پول خوبی بگیرد و عقده‌هایش را هم اینجا خالی کند. میرویسی گفت زنده باشی ولی این را باید از اینجا دور کرد. مقدم گفت غصه نخور سه ماه او را در کلاس‌های انگلیسی‌مان می‌گذاریم و بعد می‌فرستیم لندن. ما هنوز مامور تمام وقت دائمی در لندن نداریم. محمد رضا آن را افتتاح خواهد کرد.

ان روز صدای فریدون مقبولی را از دم در کنسولگری لندن هم می‌شد شنید با اینکه سرپرستی دانشجویان در طبقه سوم قرار داشت:

–آقای امامی من می‌خوام بدونم کدوم پدر سوخته‌ای به سازمان امنیت گزارش کرده که من اینجا فعالیت‌های ضد شاهی می‌کنم. رئیستون آقای فرزاد که به

ما دانشجوا اصلا کاری نداره. شما اینجا معاون سر پرستی هسسین. شما باید هوای مارو داشته باشین. آبرومونو حفظ کنین. پس من پیش کی برم؟

-آقای مقبولی کمی صدا تو پائین بیار ببینم چی شده.

-آقای امامی پدرمو به سازمان احضار کرده و گفتن که طبق اطلاعات اونا من در اینجا دارم علیه اعلیحضرت فعالیت می‌کنم. می‌خوام بدونم کدوم بی‌شرفی آبروی من و پدرمو برده.

-من از کجا بدونم. ما در اینجا مامور سازمان امنیت نداریم. وانگهی کی باور می‌کنه که پسر سرلشکر مقبولی کارای ناشایسته می‌کنه.

-حالا که باور که کردن. بفرمائید این نامه پدرم که نوشته همه زندگی ما مدیون اعلیحضرته. نوشته عاقت می‌کنم.

امامی حرفش را قطع کرد و گفت خیلی متاسفم ولی ما در این گونه مسائل مسئولیتی نداریم. و تا آنجا که من می‌دونم اصلا ساواک در لندن مامور نداره. فکر کن ببین چه کسی از روی دشمنی با تو برات موش دوونده.

-دلیلی نداره که کسی با من دشمنی داشته باشه وانگهی مگه ساواک گزارش هر کسی رو جدی می‌گیره.

-نمی‌دونم و بازم میگم متاسفم ولی موضوع به ما مربوط نیس.

مقبولی با خشم و ناامیدی گفت همین؟ و سرش را انداخت پایین و فریاد زنان که من پدرشو درمیارم از پله‌ها پایین رفت و از ساختمان خارج شد.

میرویسی کم کم شهرتی در لندن به هم زده بود ولی هیچ کس نمی‌دانست که کارش در لندن چیست. دانشجو که نبود. تجارت که نمی‌کرد. اصلا معلوم نبود

به چه مجوزی اجازه اقامت گرفته است. از همان هفته‌های اول پایش به سفارت باز شد و این در سلام آن در سلام می‌کرد. ولی آنها هم نمی‌دانستند چه کاره است. و گوئی همین که پسر تیمسار میرویسی بود وجودش را توجیه می‌کرد.

لدی الورود یک پایش در خیابان و یک پایش درخانه شیرین حناچی بود که از همان تهران به سخاوتمندی و خوش اخلاقی بین جوانها شهرت تام داشت و به سینه کم ترکسی دست رد زده بود. میرویسی هم از تهران با حناچی رابطه صمیمانه‌ای داشت که صرفا دنبالش را در لندن گرفت. ولی او را بیشتر به دو دلیل دیگر گرم نگه می‌داشت. یک دلیلش این بود که به وسیله او با جوانان از بیست به بالا آشنا شود که زمینه برای جاسوسی و خبر چینی‌اش فراهم شود. که یکی از آنها دقیقا فریدون مقبولی بود که اصلا یک فرسنگ با سیاست فاصله داشت. دلیل دیگرش این بود که می‌خواست حناچی از میان دوستان دخترش تیکه‌های جدیدی برایش جور کند که از اولی‌ها یکی‌شان فی فی کسرا و یکی دیگرعصمت زری‌باف بود.

از رفت و آمد با چند جوان که دوستان خوب حناچی بودند کم کم خبر دارشد که دسته‌ای به نام "مشعل ملی" در لندن علیه رژیم ایران فعالیت می‌کند و رئیس آن دکتر عبدالحمید غنی‌زاده است که بیشتر اعضاء آن از طبقات متوسط پایان بودند و بورسیه دولت. از طریق عصمت که عوضی بین دوستان حناچی برخورده بود اسم چند نفر از مشعلی‌ها را به دست آورد و برای هر یک شرح کشافی که از خودش می‌بافت درباره " جمعیت بزرگ" و "فعالیت‌های خطرناکشان" برای رابطش حسین زاده می‌فرستاد. مقبولی راهم به خاطر اینکه یک بار جلو چند دختر او را خیط کرده بود جزو آنها بر زد که انتقامش را گرفته باشد.

البته او با یال و کوپالش لقمه بزرگی برای عصمت بود و دختر هم به این دلیل وهم به دلیل بی‌تجربگی خودش را بکلی پیش میرویسی باخته بود و یک دل

نه صد دل! اما محمد رضا پس از اینکه این دختر ساده را مقداری دستمالی و در عین حال تخلیه اطلاعاتی کرده بود دیگر جواب سلامش را هم نمی‌داد و نتیجه اینکه دختر یک شب قرص خورد و صبح برنخاست. حقیقت را فقط شیرین می‌دانست که البته لو نمی‌داد و میرویسی شایع کرد و به حسین زاده هم گزارش داد که خودکشی دختر به این دلیل بوده که غنی زاده به او تجاوز کرده و بعد زیر قول ازدواجش زده بوده است.

اما فی فی دختر جناب سرهنگ کسرا درست نقطه مقابل عصمت قرار داشت چون هم مطلقه و بسیاربا تجربه و خوش اخلاق بود هم خود را کمتر از میرویسی نمی‌دانست. این بود که میرویسی در کنار الواتی‌های دیگرش جانب او را نگه می‌داشت و از برخورد اجتناب می‌کرد.

یک وقت شایع شد که شاه بزودی از سفری که به واشنگتن کرده بود سرراهش به لندن می‌آید. میرویسی خبر شد که مشعلی‌ها دارند یک تظاهرات بزرگ را برای اعتراض به زندانیان سیاسی در ایران تدارک می‌بینند و فورا دست به کار شد. هفت هشت نفر از دانشجوهای نیروی دریایی مدرسه خصوصی فارادی هاوس را جمع کرد و گفت به هر قیمتی شده ما باید جلو این تظاهرات را بگیریم. عصمت هنوز زنده بود و میرویسی بدون اینکه او را در جریان بگذارد درحال نزدیکی‌های عاطفی از او بیرون کشید که سران مشعلی‌ها روز جمعه برای ترتیب مقدمات کار در خانه غنی زاده جلسه دارند. فورا رجبعلی شیرهادی گردن کلفت نیرو دریایی‌ها را خبر کرد که با دسته‌اش چماق‌ها را بردارند و سرموعد به خانه غنی زاده بریزند و شل و پلشان کنند که دیگر توان به راه انداختن تظاهرات روز شنبه را نداشته باشند. البته سرلشکر علوی کیا که رئیس ساواک در اروپا بود و

دقیقا به خاطر سفر شاه به لندن آمده بود در جریان بود و به میرویسی گفته بود تو خودت با آنها نرو چون ما نمی‌خواهیم کسی به تو ظن ببرد.

بعدازظهر جمعه چماقدارها درخانه غنی زاده را زدند و به محض اینکه در باز شد فریاد زنان با فحش‌های ناموسی به داخل هجوم بردند. یکی از مشعلی‌ها که دراتاق عقب بود فورا پنجره را باز کرد و به خیابان پرید و دوان دوان خودش را به کلانتری محل رساند. مهاجمان مشعلی‌ها را حسابی چکمالی کرده بودند و وقتی پلیس‌ها رسیدند شیرهادی داشت می‌گفت یاالله تنبانهاتون را بکنید که باهاتون لواط کنیم.

پلیس‌ها فورا هشت نفر مهاجم را شناسایی کردند و دستبند زدند. و از همانجا به سفارت تلفن زدند، که علوی کیا گوشی را از کنسول گرفت و چون انگلیسی خوب نمی‌فهمید گمان کرد که مشعلی‌ها را گرفته اند وبا خوشحالی گفت همانجا توقیفشان کنید. افسر ارشد پلیس گفت البته توقیفشان کرده‌ایم و بزودی آنها را به کلانتری می‌بریم ولی چون دانشجویان نیروی دریائی شما هستند خواستیم که اطلاع داشته باشید. علوی کیا وحشتزده گفت وات؟ وات؟ و گوشی را زمین گذاشت.

در دادگاه مهاجمان چون انگلیسی درست حرف نمی‌زدند مترجم گرفته بودند در حالیکه مشعلی‌ها خودشان به وکلا و قاضی جواب می‌دادند. سرپرستشان – یک افسر نیروی دریائی در لباس شخصی – به قاضی عجز و التماس می‌کرد که قربان خودمان تنبیهشان می‌کنیم. حسابی ترسیده بودند ولی قاضی که نمی‌خواست روابط انگلیس و ایران را تلخ کند برای هر کدامشان سه روز حبس قابل خرید و صد پوند جریمه برید.

میرویسی جزو تماشاگران نبود چون علوی کیا در گزارشش به تهران تمام تقصیرها را به گردن او انداخته بود. درحالی که میرویسی بعد از گیر افتادن

مهاجمان بازهم از رو نرفته و سه چهار چماقدار حرفه‌ای انگلیسی را اجیر کرده بود که روز شنبه به تظاهرات حمله کنند ولی چون تعداد تظاهرکنندگان که همه شان مشعلی نبودند زیاد بود فقط دو سه نفر را کتک زدند و پا به فرار گذاشتند.

-خواسسم بگم دیگه شتر دیدی ندیدی. حوصلم از نق نقات سر رفته. من که نگفتم می‌خوام تو رو بگیرم.

-همین؟ فکر کرده بودی که منم انداختنی دررفتنی‌ام؟ من ده تا مث تو رو بردهم دم چشمه و تشنه بر گردونده‌م. اشتبام این بود که خیال کردم تو داخل آدمی. در حالی که یه سازمان امنیتی مافنگی بیشتر نیسسی.

-چی گفتی؟ سازمان امنیتی.

-بعله سازمان امنیتی. از وختی که فهمیدم حالت خرابه به بابام گفتم دربارت تحقیق کنه. دوستش سرگرد زمانی ساواک هم مشتتو وا کرد.

-فی فی خانم پتیاره پس تو علیه من جاسوسی هم کرده‌ی. میخواسسی با اون تن بوگندیت چیکار کنم.

-برو گمشو. تو خیال کردی چون بابات تیمساره دیگه کسی حریفت نیس. حالا نشونت میدم از تن بوگندیم چیکار برمیاد.

-هر گهی می‌خوای بخور.

کنسول به فی فی کسرا به حساب پدرش احترام می‌گذاشت. بعد از سلام و تعارف فی فی گفت آقای کاخی محمد رضا میرویسی رو که می‌شناسین. دیشب

مست لایعقل اومد منزل من و ناگهان گفت تو که دختر نیسسی و با مشت و لگد هجوم اوورد و به من تجاوز کرد.

-ای پدرسوخته. ولی بدون شاهد کاریش نمیشه کرد. چون حداقل میگه با رضایت خودتون بوده. باباشم که تمیساره.

-بله ولی خودش جاسوس سازمان امنیته. دائم برا بچه‌ها گزارش دروغ میده که بازارش گرم بمونه.

عجب. من نمی‌دونسم. پس کسی که برا مقبولی زده بوده این شخص بوده.

-بله و خیلی‌های دیگه که شما نمیدونین. الان دو سه تا از بچه‌ها که رفته بودن تهران پدر مادراشونو ببینن به خاطر توطئه این آدم تو زندانن.

-از جمله ستوده مظلوم؟

-از جمله ستوده مظلوم!

-خب شما تشیف ببرین خبرتون می‌کنم.

-آقای کاخی این چه بساطیه. پس شماها اینجا چیکاره این که پول دولتو میگیرین تو کار مردمم سنگ میندازین.

-آقای میرویسی خواهش می‌کنم مواظب حرف زدنتون باشین. حالا مگه چی شده؟

-از حسابدار فلان فلان شدتون یونصد پوند مساعده می‌خوام میگه نمیشه چون حقوق شما از بودجه سفارت پرداخت نمیشه.

-خب راس گفته.

میرویسی فریاد زنان گفت مگه نمیدونین من کی‌ام؟

–چرا می‌دونم. شما مامور سازمان امنیتین. به چه حسابی حقوق مامور سازمان امنیت بایس از بودجه سفارت داده بشه؟

میرویسی که سخت جا خورده و آتش گرفته بود هوار کشید مامور خودتی. حالا حالیت می‌کنم با کی طرفی.

چند تا دیپلمات و ارباب رجوع که یکیشون عضو مشعلی‌ها بود از اتاقها ریخته بودند بیرون ببینند چه خبر است.

همان فردا سازمان مشعل ملی یک اعلامیه داد به این شرح:

مامور سازمان امنیت!

بدین وسیله به اطلاع هموطنان شریف و آزادیخواه خود می‌رسانیم که محمد رضا میرویسی پسر سرلشکر غلامرضا میرویسی که به پول خوری و بد مستی و دختر بازی شهرت دارد به شهادت کنسول ایران مامور رسمی سازمان امنیت در لندن است.

پته میرویسی که رو آب افتاد دیگر در لندن برای ساواک کوچکترین ارزشی نداشت و با یک تلگرام تند و تیز او را به تهران احضار کردند و تحت بازجوئی گذاشتند. تیمسار نصیری رئیس ساواک هم شخصا از سفیر ایران در لندن خواست که هرچه درباره‌اش می‌دانند گزارش کنند. سفیر هم کار را بد دست کاخی داد که با کینه‌ای که از میرویسی به دل گرفته بود نه فقط آنچه را که خودش از دروغزنی‌ها و پول خوری‌ها و الواتی‌های میرویسی می‌دانست به تفصیل شرح کرد بلکه از پلیس لندن هم کمک خواست و آنها اطلاعات کافه به هم ریختن‌ها و کتک کاری‌هایش را در کلوبها و قمارخانه‌ها که هنوز پرونده بعضی شان باز

بود در اختیارش گذاشتند. یکی از پرونده‌های باز مربوط به زدن یک کارگر جنسی بود ظاهرا به خاطر اینکه در کارش با او موفق نشده بود.

محمد رضا این بار دیگر راه فراری نداشت. پدرش را که در جریان گذاشتند گفت اصلا به من ربطی ندارد. سه سال حبس، صد ضربه شلاق، و پنجاه هزار تومن جریمه که این را ناچار شراکت خانم پرداخت. در زندان گاهی با لات و لوت‌ها دوست بود و گاهی دعوا می‌کرد. بالاخره بعد از دو سال و هشت ماه رهایش کردند و بهش گفتند که خیلی مواظب رفتارش باشد. حالا پدرش ارتشبد و فرمانده کل ژاندارمری شده بود.

- آقای ضابطی سر گردنه ایستادن و باج می‌گیرن. این مملکت مگه صاحاب نداره.

- کجا، کی آقای سناتور حریری؟

-دم دروازه دشت‌لار که ما هر سال تابستان احشاممونو برای چرا و پروار شدن به آنجا می‌فرسسیم...

-لار دماوند؟

-بله. قسمتهای متعددی داره ولی قسمت ما نزدیک دماونده.

-خب آقای سناتور چی شده؟

-خبر اومده که الان سه چهار روزه که سرگرد رجائی فرمانده ژاندارمری با یک شخص مسلح دیگری راه را سد کرده اند و برای ورود و خروج احشام باج می‌گیرن: گاوی ۵۰۰۰ تومن، گوسفندی ۳۰۰۰ تومن، بزی ۲۰۰۰ تومن و همینطور. دقیقا سرگردنه‌س.

-نگران نباشین من از الان با ژاندارمری تماس می‌گیرم و ته تو شو در میارم.

ضابطی گوشی را گذاشت و بلافاصله به ارتشبد میرویسی خبر داد که چه نشسته‌اید که مامورین شما سر گردنه را گرفته اند. ظرف یک روز گردنه‌گیرها را گرفتند و با کتک به ستاد ژاندارمری تهران آوردند.

-تیمسار من نوکرتونم آقای ممدرضا گفتن دستور شماست برای تقویت بودجه ژاندارمری...

سرگرد رجائی پس از محاکمه صحرائی صد ضربه شلاق خورد پاگون‌هاش راهم کندند و از ارتش برای ابد اخراج شد. ممد رضا را هم همانجا در ستاد ژاندارمری شلاق زدند و سپس با پرونده‌اش تحویل دادسرای نظامی دادند. اما تیمسار میرویسی سه روز بعد سکته مغزی کرد و یک قسمت بدنش فلج شد. دکترها امیدی به بهبود نداشتند و چاره‌ای جز بازنشستگی نبود. *

---

* ژوئیه ۲۰۲۳

آنقدر خندیدم که گریه‌ام گرفت

ظرف چند روز داستان کلاهبرداری بزرگ فلوریدا تهران را تسخیر کرد و نام حسین رضوی سر زبانها افتاد. درست مثل بادکنک بزرگی که ناگهان بترکد. و موش در لانه دکاتیر پرشماری افتاد که از "دانشگاه" رضوی دکترا گرفته بودند. "دانشگاه رنسانس در میامی" همان بادکنکی بود که اکنون ترکیده و بانگ رسوائی‌اش به آسمان‌ها رسیده بود. دانشگاهی که جناب پروفسور رضوی موسس و رئیس آن بود مطلقا وجود خارجی نداشت جز روی کاغذ! آنقدر خندیدم که اشکم جاری شد.

آن دکاتیر محترمی که در سالهای نه چندان دور حتی لفظ دکتر و پروفسور را تمسخر می‌کردند ناگهان دریافته بودند که دستشان خالی ست و به قدر کافی غربی نیستند. رانت باد آورده به حد اشباع رسیده بود ولی از آبرو و احترامی که انتظار داشتند خبری نبود. تکلیف چیست؟ باید دکتر شویم تا مردم به ما هم احترام بگذارند.

خبر خوشحال کننده این بود که دوره دکتری دانشگاه رنسانس را با مکاتبه هم می‌توان گذراند اما به قیمت گزاف. خوب چه بهتر از این؟ به دویدن دنبال رانت ادامه می‌دهیم و دکتر امان را هم می‌گیریم. به این ترتیب مشتری جمع شد و مکاتبه آغاز گردید. دوره دکترا سه ساله بود و شهریه بیست هزار دلار در سال. ولیکن "دوره فشرده" هم موجود بود که باید شهریه سه سال را یکجا می‌پرداختی. بعد معلوم شد که باید آخر هر سال - ولی درمورد دوره فشرده فقط آخر سال اول- برای امتحان شفاهی به میامی می‌رفتی مگر اینکه بیست هزار دلار دیگر حق معافیت می‌دادی. به این ترتیب با پرداخت هشتاد هزار دلار می‌توانستی بدون اینکه از جایت تکان خورده باشی " دوره" را بگذرانی.

پول که مساله‌ای نبود ولی تز را چه می‌شد کرد؟ بالاخره تز نوشتن چه حضوری چه با مکاتبه سواد و زحمت می‌خواهد. باید اول موضوع تزت را تعیین می‌کردی و به تصویب استادان دانشگاه می‌رساندی. مسؤل گردآوری موضوعات پروفسور فارتی ینکشیت بود که در هاروارد علاوه بر علوم انسانی و اجتماعی فارسی نیز آموخته بود. پس برای مکاتبه با او لازم نبود انگلیسی بدانی. حتی خود تز را هم می‌توانستی به فارسی بنویسی ولی باید ده هزار دلار حق الترجمه می‌دادی.

تز را هم که می‌دادی در خیابان انقلاب از ده تا بیست میلیون تومن بستگی به شانس تو و انصاف فروشندگان برایت بنویسند. پس معطل چه هستی. رانت که فراوان است و صد هزار دلار پولی نیست برای اینکه برای یکی از بهترین دانشگاه‌های آمریکا دکترا داشته باشی. حالا که آکسفورد لندن نمی‌شود چه بهتر از رنسانس میامی.

به این ترتیب بازار گرم شد و در عرض پنج سال بیش از صد نفر دکتر رنسانس شدند. ورقه دکترا مزین به دو رنگ سرخ و سیاه به قدری زیبا و در عین حال آبرومند و محترمانه و رسمی به نظر می‌آمد که جای شکی برای جایگاه والای

دانشگاه نمی‌گذاشت و ارزش یاب‌های وزارت تحصیل و تحقیق در گواهی کردن آن تردیدی روا نمی‌داشتند به خصوص با توجه به اینکه صاحبان آن افراد کم نفوذی نبودند.

ولی چه شد که بادکنک ترکید. یکی از اینها دکتر احمد گوران ریاست محترم ادارات کل کشور بود که حتی در یک دانشگاه درس می‌داد و غالبا به دانشجویانش سرکوفت می‌زد که بروند و درس خواندن را از دانشجویان دانشگاه بزرگ رنسانس در میامی یاد بگیرند. دانشجویان هم به وضوح می‌دیدند که جناب استاد چیزی بارش نیست ولی جرات دم زدن نداشتند. یک روز که یک دانشجو به نام رضا توسلی را سخت به باد مسخره گفت و پیش همگنانش کنف کرد دانشجو جوابش را داد و جناب استاد هم با به کار انداختن قدرتش سبب شد که دانشگاه او را به شش ماه تعلیق محکوم کند.

پدر این دانشجو از شهر سیف آباد نماینده مجلس بود. او هم برای تلافی جویی یک روز که گوران برای ادای توضیحات به مجلس رفته بود از او پرسید که دکترایش را در چه رشته‌ای و از کجا گرفته است:

– من از دانشگاه بزرگ میامی دکتر جامعه شناسی هستم.

– به چه زبانی تزتان را نوشته‌اید.

– به زبان فارسی که خود دانشگاه به انگلیسی ترجمه کرده است.

– کی ویزای آمریکا گرفتید؟

– ویزا لازم نبود. با مکاتبه تزم را گذراندم.

– مگر با مکاتبه هم می‌شود دکترا گرفت؟

– حالا که شده. تا کور شود هر آنکه نتواند دید.

توسلی درحالی که از خشم سرخ شده بود و صدایش کمی می‌لرزید با صدای بلند گفت من از وزارت تحصیل و تحقیق می‌خواهم که درباره این دانشگاه تحقیق کند و نتیجه‌اش را هم به مجلس گزارش دهد.

سر قضیه این جوری باز شد و ظرف دو سه ماه بادکنک ترکید.

ـــ

شارلاتان بزرگ حسین رضوی البته ککش هم نمی‌گزید چون تا همان زمان ثروت کلانی به هم زده بود و دست عرب و عجم هم بهش نمی‌رسید.

او در جوانی از یک دانشگاه انگلیسی فوق دیپلم روانشناسی کودک گرفته و به تهران برگشته بود. سواد و مدرک دندانگیری که نداشت بنا براین به این در و آن درمی زد که هرچه زودتر اسم و عنوانی پیدا کند و به پول و پله‌ای برسد. چه بهتر از سازمان امنیت که برای امثال او هم پدر و هم مادر بود.

امثال او که سهل است دوستش محمد رضا میرویسی پسر ناااهل سرلشکر میرویسی مامور سازمان امنیت در لندن بود که آنقدر لش بازی درآورده بود که برای پدرش که هیچ برای سازمان امنیت هم آبروئی نگذاشته بود. و گندش هم وقتی بالا آمده بود که با گردن کلفتی از سفارت مساعده خواسته و کنسول را چنان عصبانی کرده بود که در میان جمع اعم از دیپلومات و ارباب رجوع داد بزند که برای چه حقوق مامور سازمان امنیت را سفارت باید بدهد.

رضوی نامه با آب و تابی خطاب به "محضر مقدس تیمسار معظم نعمت الله نصیری ریاست کل سازمان امنیت و اطلاعات کل کشور" نوشت و پس از اظهار بندگی و عبودیت شرحی درباره تحصیلات و توفیقات خود نوشت و گفت از آنجا که که چاکر اعلیحضرت همایون شاهنشاهی و عاشق میهن آریایی خود است می‌خواهد افتخار شغلی را درآن سازمان جلیله به او بدهند. یک هفته بعد نامه

بی نشان و امضائی به دستش رسید به این مضمون که پیرو نامه اخیرتان پنجشنبه ساعت ۸ صبح به ساختمان شماره ۱۰ خیابان سلطنت آباد مراجعه کنید.

-برای چه می‌خواهید عضو ساواک شوید.

-بنده که در نامه‌ام عرض کردم.

-تعارف کم کن و بر مبلغ انداز. چه کار می‌توانی بکنی؟ هرچه بفرمائید. کار ما فقط داغ و درفش نیست ولی اگر تکلیف شد حاضرید داغ و درفش هم بکنید.

-قربان برای خدمت به سرزمین اهورائی حاضرم هر کاری بکنم.

-بسیار خوب. فعلا کار شما خبر چینی ست. ما با تبلیغات شما را از دانشگاه وینچستر انگلستان دکتر روانکاوی می‌کنیم و یک دفتر و دسک لوکس هم در خیابان تخت جمشید برایتان راه می‌اندازیم. چند مشتری اولتان راهم از پرستوهای ساواک انتخاب می‌کنیم که در میان زنان مشکل دار یا پولدار و بیکار و متظاهر از معجزات شما تعریف و تمجید کنند. مشتری که جمع شد شما ازشان زیرپاکشی‌های ظاهرا روانکاوانه می‌کنید درباره پدر و مادرشان یا شوهرشان یا خویشان و آشنایانشان یا فاسق‌ها و دوست پسرشان. خلاصه منظور لو دادن ناراضی‌ها، نق‌زن‌ها و خائن‌هاست. خودت هم اگر این میان تیکه میکه‌ای گیرت آمد نوش جانت ولی فقط به این شرط که به وظیفه اداری‌ات لطمه نزند چون درآن صورت مجازات سختی در انتظارت خواهد بود. حالیت شد؟

-بله قربان چه جور. هر وقت دفتر را بهم تحویل دادند در خدمتم. فقط برای تماس به که رجوع کنم؟

-به همین آدرس به دکتر حسین‌زاده بنویس که از فریبرز ضابطی برایت وقت بگیرد. حالا برو علی الحساب دو هزار تومن از صندوق بگیر. بگو آقا گفتند.

کار به جائی کشید که از صبح جلو در دفتر دکتر رضوی روانکاو بی‌بدیل تهران صف می‌کشیدند. بعضی مشکل داشتند. بعضی می‌خواستند دکتر رضوی نامدار را از نزدیک لمس کنند و در نتیجه خود را به بیماری می‌زدند. بعضی هم ددری بودند و پی رفیق می‌گشتند. او هم زیرپا کشی‌هایش را به طرز ظاهرا حرفه‌ای می‌کرد و ماهی دو سه نفر را گیر ساواک می‌انداخت.

مشکل‌دارها را با خرافات فرویدی درباره پدرشان یا مادرشان یا عقده ادیپی یا عدم اعتماد به نفس یا تروما‌ی کودکی و... و... گرم نگاه می‌داشت. بیکارها را با خوش خلقی و لطیفه گوئی سرگرم می‌کرد. ددری‌ها و خوش اخلاق‌ها را مشتاقانه به درد دلشان می‌رسید. و مشکل زن‌هائی را هم که شوهرشان نازا بودند حل می‌کرد.

در این فاصله پول نفت هم فوران کرد که در نتیجه هم ویزیت او سه برابر شد هم تعداد مشتریانش. پول از پارو بالا رفت و در نتیجه تا سرو صدا بلند شد شش میلیون پوند به حسابش در بانک میدلند در لندن انتقال داد.

اما وقتی شاه از ملت عذر خواهی کرد و وعده داد که به فساد و استبداد و غیره پایان داده خواهد شد دریافت که آفتاب برای یک عضو با سابقه ساواک بر لب بام است. و وقتی خبر فرار ضابطی و حسین زاده را شنید معطلی را جایز ندانست. خانه و زندگی و ماشین جگوار را گذاشت و با پنج میلیون پوند باقیمانده‌اش یکسر به لندن رفت.

تقریبا بلافاصله بعد از ورود به لندن به عنوان پروفسور رضوی با پرداخت ده هزار پوند حق عضویت سالانه به عضویت یک کلوب اشرافی درآمد تا درآنجا با اعیان و اشرافی که عضو آن بودند آشنا شود و به مهمانی‌هاشان راه یابد. هنوز سر مهاجرت انقلابی‌ها باز نشده بود و فقط چند صد نفر کسانی که از جان خود

بیم داشتند بیشترشان در لندن و پاریس پلاس و امیدوار بودند که آمریکا از برانداختن شاه دست بردارد. اندکی بعد هم که آب از سر گذشت امید داشتند که هرچه زودتر از او قول بگیرد که برای بالا بردن قیمت نفت فشار نیاورد و در نتیجه با یک چشم به هم زدن او را به تخت و تاج خود باز گرداند.

رضوی از آنها بود که کار را کار انگلیسها می‌دانست و عقیده داشت که آمریکا هم در واقع دست نشانده انگلیس است. سخنگوشان محمد جعفر بهبهانیان حسابدار شاه و رئیس بنیاد پهلوی بود که در مراکش به شاه گفت چون شما به انگلیسها توهین کرده بودید آنها به تلافی انقلاب راه انداختند. اکنون هم دیر نشده اجازه بدهید با هم برویم لندن و شما از پشت تلویزیون بی‌بی‌سی رسما از ملت انگلیس معذرت خواهی کنید و خوش و خرم به تاج و تخت خود باز گردید. فرح بانو گفت من نمی‌گذارم؛ من نمی‌گذارم.

یک روز که رضوی برای صبحانه به کلوبش رفته بود با یک نماینده ارشد مجلس عوام - سر جان ویلسون - هم صحبت شد و خودش را یکی از جراحان متخصص بیمارستان گایز معرفی کرد. ضمن صحبت سر جان گفت ما خیال می‌کردیم مردم ایران شاه را خیلی دوست دارند پس چه شد که این اتفاق افتاد. رضوی پوزخندی زد و گفت از شما باید پرسید که حال که می‌خواستید قیمت نفت بالا نرود چرا آخوندها را سر کار آوردید. خب مثلا یک تیمسار را می‌آوردید. سر جان یکه خورد و گفت البته شوخی می‌کنید.

- خودتان را به آن راه نزنید. همه می‌دانند و خود شاه هم می‌دانست که دنیا تو مشت شماست.

- کاش ما چنین قدرتی داشتیم. نکند شما هم از آنهائی هستید که می‌گفتند هیتلر مامور انگلیس‌هاست!

- خب حال که این طور است بنده دیگر در این باره عرضی ندارم.

طولی نکشید که رضوی به این نتیجه رسید که انگلیسی‌ها تصمیم خود را گرفته اند و از آنها برای بر انداختن جمهوری اسلامی آبی گرم نمی‌شود. این بود که به فکر به راه انداختن یک گروه فشار از میان فراریان افتاد. با دوستش سیروس مشترک زاده مشورت کرد و تصمیم گرفتند یک گروه به عنوان پر طمطراق "دستگاه روشنفکران ودانشگاهیان ملی ایران" – مخففا "درود ما" – برپا کنند و چو بیندازند که سازمان اطلاعات خارجی انگلیس – امای سیکس – پشت آن است. بیانیه بالا بلند و غلیظ و شدیدی هم علیه جمهوری اسلامی صادر کردند و دست آخر گفتند که حاضرند برای سرنگون ساختن آن حکومت تا آخرین قطره خون خود را در پای ملت بزرگ ایران نثار کنند.

چندی نگذشت که بنی صدر از ریاست جمهوری خلع و اندکی بعد موج مهاجرت آغاز شد و بازار "درود ما" را گرمتر کرد. رضوی هم با این ادعا که با نقطه اولای سیاست انگلیس مربوط است وعده است و عید می‌داد که بزودی کارها درست خواهد شد و همه‌شان خوش و خرم به ایران باز خواهند گشت. هدف البته تلکه پولدارها بود مخصوصا برای اینکه برای دوره نه چندان دور بازگشت شغل هم می‌فروخت: وزارت ده هزار پوند، معاون وزیر ۸۰۰۰ پوند، نماینده مجلس شش هزار پوند، مدیر کل پنج هزار پوند و... و....

دو سالی طول کشید تا بالاخره وعده وعیدها و امروز و فردا کردن‌های رضوی بپکد و گندش درآید. حضرات پولشان را پس می‌خواستند و دو نفرشان که جیبشان خالی شده بود او را راحتی تهدید به مرگ کردند. رضوی ناگهان غیبش زد و شایع شد که در آمریکا دلال اسلحه شده است. بله او به آمریکا رفته بود ولی این بار اسلحه‌اش فروش دکترا بود. *

سارق السلطنه نامم شد و بس مفتخرم

کاقبت نام بلندی به جهان در کردم

دزدی که نسیم را بدزدد دزد است

دزد بغداد که شنیده‌اید. صغیر و کبیر و آشنا و بیگانه آقای کمال کژ روش را به عنوان دزد تهران می‌شناختند. دقیقا مصداق همان بود که درباره‌اش گفته‌اند "دزدی که نسیم را بدزدد دزد است / از کعبه گلیم را بدزدد دزد است". چون نه فقط مال مالداران که مال مستمند ترین پیرزنان را هم خورده بود.

پدرش که مردی وارسته و شریف و محترم بود دست آخر آنقدر از الدنگی‌های او شرمنده شده بود که در جوانی او را از خانه‌اش بیرون انداخته بود. پیش از اینکه دست و بالش به دلالی بازار بند شود برای بزرگان پا اندازی و دلالی محبت می‌کرد و از جمله مدتی سرپرست فری صفاری معشوق نوجوان یکی از مقتدرترین مردان کشور بود.

هر بار که مقتدرالدوله به سفری طولانی می‌رفت او ماموریت داشت که فری را زیر پر و بال خود بگیرد و بخصوص مواظب باشد که سر و گوشش نجنبد و ددری نشود. تا اینکه یک بار مچش را با یکی از کارمندان ارشد مقتدر گرفت. اول با توسل به شانتاژ کارمند کذائی را مبلغ قابل توجهی دوشید بعد خودش هم یقه فری را گرفت که " انا شریک" وگرنه لوت می‌دهم. و فری هم که سخت به قدرت و ثروت مقتدرالدوله دلبسته بود با همه نفرتی که از ریخت و قیافه بپای خود داشت ناچار شد تمکین کند.

به این ترتیب کار و بار کمال خان کژ روش حسابی سکه شد. هم از مقتدرالدوله مزد می‌گرفت هم کارمندش را تیغ می‌زد هم از می ناب معشوقه زیبای هفده ساله‌اش می‌نوشید. تا اینکه یک روز مقتدرالدوله بوستان سرسبز و تازه تری یافت و با مقدار زیادی هزینه وداع فری را سوت کرد. در نتیجه دوستمان دزد تهران سه منبع در آمد و خوش گذرانی را یکجا از دست داد. ولی مگر یکی مثل او ممکن بود که حتی یک روز در بماند.

هنوز کاملا از شوک از دست دادن سه لقمه چرب در نیامده بود که از شانس خوب یک لقمه چرب دیگر پیدا کرد. اما این یکی نیاز به سرمایه گذاری داشت. یک شب در یک مهمانی بزرگسالان فهیمه فیلی دستش را گرفت و گفت کمال بیا تو رو با یه لقمه چرب آشنا کنم. کور از خدا چی میخاد، دو چشم بینا.

-پولم توش هست؟

-اگه دلگی نکنی ممکنه باشه. ولی به شرط اینکه حساب ما سر جاش بمونه.

-خیالت راحت فهیمه جون من دائم دنبال لقمه‌های خوب برا تو هستم. یعنی لقمه‌هائی که درخور خوشگلی تو و آبروی مرحوم تیمورتاش باشن.

کمال گره کراواتش را سفت کرد ودنبال فهیمه به آن سوی سالن رفت.

-توران جون می‌خواسسم تو رو با دوست خوب خودم کمال کژ روش آشنا کنم. آدم با حالیه. نصف تهرونم می‌شناسنش. این خانم جوون و زیبا رو که می‌بینی توران تفضله دختر آقای حسینقلی تفضل صاحب کتابفروشی معتبر خیابون شاه آباد.

-خانم سلام عرض می‌کنم و از اینکه افتخار آشنائی با شما را پیدا کرده‌ام بسیار خوشوقتم.

-اختیار دارین دوست فهیمه جون دوست منه. حالتون خوبه. کجا می‌شینین. شغل شریفتون چیه.

-بنده یک شرکت بزرگ لوکس فروشی دارم. تازه خونموکه تو خیابون شاه بود فروخته‌م و موقتا همون نزدیکیا یه خونه تو خیابون فخررازی اجاره کرده م. روبرو دانشگاه. ولی این موقتیه دو سه تا خونه تو خیابون ویلا و فیشرآباد و تخت جمشید دیده‌م ولی هنوز تصمیم نگرفته‌م. قراره دو سه تا خونه دیگه رم ببینم بعد تصمیم بگیرم. شما چطو؟

-ما تو خیابون خانقاه، خیابون سعدی، اونور چار را سدعلی می‌شینیم. در نتیجه به شاه آباد خیلی نزدیکیم.

-گفتین ما، یعنی با پدر مادرتون؟ نه با پسر بچه سه ساله‌م. پارسال شوهرم جوون جوون در اثر سکته قلبی افتاد مرد.

-خدا بیامرزش. باقی عمرشو به شما و پسرتون بده. اسم آقا کوچولو چیه؟

-حسام. خیلی شیرین و بازیگوشه.

- خدا بهتون ببخشش.

-شما چی؟ چند تا بچه دارین؟

-من ازدواج نکرده‌م. ولی اگر خانم مناسبی پیدا کنم قصد ازدواج دارم. راستی من فردا خیابون استانبول کار دارم. اگه گرفتار نیسسین حدود ساعت ۱۱ صبح با حسام کوچولو تشریف بیارین کافه قنادی نوشین که نزدیکتونه یه شیر قهوه با هم بخوریم. نوشینو که بلدین؟

-اوا کی نوشینو بلد نیس. آخر استانبول نزدیک میدون مخبرالدوله. از خونه ما فقط ده دقیقه راهه.

-پس، فردا خدمت می‌رسم.

-نه من فردا گرفتارم.

-خب میخاین روز چارشنبه بیاین که بازم راه من به استانبول میفته.

- سعی می‌کنم ولی قول نمیدم. حالا با اجازتون باید برگردم خونه. حسام پیش پیشخدمتم زهراس. البته تا حالا خوابیده ولی من دیگه دیرم شده. خیلی از آشنائی با شما خوشوقت شدم. خدافظ.

-مرحمت زیاد و به امید دیدار.

-سلام عرض می‌کنم قربان. مزاحم که نیسسم. می‌خاسسم راجع به اون سفارشی که فرموده بودین گزارش بدم.

-سلام کژروش. بشین. چه خبر؟

-قربان یه تیکه درجه یک پیدا کردم باب طبع مشکل پسندتون.

-خوشگله؟

-قربان خیلی.

-چند سالشه؟

-درس نمیدونم ولی بیس و پنج ساله به نظر میاد.

-شوور که نداره؟

-نه قربان بچهم نداره. تر و تازه و حاضر و آماده.

-باهاش صحبت کردهی؟

-نه قربان. فقط بهش گفتم که ممکنه یه شانس خیلی خوبی گیرش بیاد. اونم گف چه خوب.

-من میشناسمش؟ اسمش چیه؟

-قربان فهیمه. فهیمه فیلی.

-اون که تو بغل خیلیا بوده ولی قبول دارم که چیز خیلی خوبیه.

-اگه موافقین جورش کنم.

-خیله خوب جورش کن. البته اول ببین چی میخاد. این فهیمه فیلی یه تاریخچه با مزهای داره. تیمورتاش در اوج قدرتش یه عشرتکده برا خودش تو کاخ گلستان درس کرده بود و پنجشنبه شبا اونجا مهمونی میداد. مهمونا باید با زناشون میرفتن و زنا اونجا چادرشونو ور میداشتن. تا نیمههای شب رقص و پایکوبی و شراب و ویسکی بود. در همان احوال تیمورتاش دست یکی از زنایی روکه پسندیده بود میگرفت و میبرد اتاق خواب بالا، و مجلس تا بازگشت او به هم نمیخورد.

یه بار احمد فیلی (فتوح الدوله) پیشکار شازده فرمانروا رو که شصت ساله و برا اون زمان پیرمرد بود دعوت کرد با همسرش. فیلی البته جرات نداشت که دعوت حضرت اشرف را رد کند. همسر پنجاه و چند سالشم حاضر نبود سر برهنه تو مجلس رقص حاضر شه. این بود که ناچار دختر شونزده سالش، همین فهیمه رو، با خودش برد. آخر شب ناگهان متوجه شد که تیمورتاش و دخترش غائبن. هراسون سراغ گرفت گفتن تشیف بردن بالا. نگران و آشفته دوید بالا – "چون توله خرسی" – در اتاقو زد. تیمورتاش درحالیکه تا کمر لخت نشون می‌داد پنجره رو وا کرد و گفت بله؟ فیلی گفت قربان می‌خاسسم عرض کنم که فهیمه دختره. تیمورتاش گفت مرسی و پنجره رو بس. همون زمان این واقعه سرزبونا افتاد و از حمله ملک الشعراء خیلی خلاصه داستانو به شعر گفت که آخرش میگه فیلی گفت قربان "فهیمه هست دختر، گفت مرسی".

-فهیمه جون نونت تو روغنه. دیروز جناب فضل الله اعلمو دیدم. میدونی که یار غار مقتدرالدولس.

-به، کیه که آقای اعلمو نشناسه.

-گفت حاضره ولی میخاد مخارجشم بدونه.

-من که زن یه شبه نیسسم. اگه میخاد منو بشونه یه خونه لوکس بهم بده با ماهی سه هزار تومن حقوق.

-خیله خب من میگم ولی به نظرم یه خورده گرون حساب می‌کنی.

-سلام قربان فهیمه فیلی عاشق شماست. ولی میگه شرطش یه خونه خوبه با ماهی سه هزار تومن حقوق.

-خیله خب یه خونه صد هزار تومنی با ماهی دو هزار تومن. بیشتر از این نمی‌ارزه.

-فهیمه جون اعلم گفت یه خونه صد هزار تومنی با ماهی دو هزار حقوق. بیشتر از این نمیده.

-دو هزار تومن که پولی نیس.

-تو حالا قبول کن بعد که مززشو چشید دبه در بیار.

-قربان سلام عرض می‌کنم. فهیمه راضیه. کی بیارمش خدمتون.

-شماره تلفنشو بده خودم ترتیب کارو میدم.

-قربان۳۵۹۵۶۲. ولی قربان اجازه بدین یاد آوری کنم که فرمودین منو با عبدالله رشیدیان آشنا می‌کنین.

-خیله خوب. اصلا پنجشنبه شب بیا منزلم پارتی فهیمرم با خودت بیار. رشیدیانم میاد.

-قربان من که نوکرتونم.

کژروش روز چهارشنبه سر ساعت ۱۱ به کافه قنادی نوشین رفت و یک شیر قهوه سفارش کرد. نیم ساعتی گذشت و چیزی نمانده بود پی کارش برود که توران تفضل رسید. بلند شد و دست داد و خوشامد گفت.

-مسیو یه شیرقهوهم برا خانوم بیار. توران خانم واقعا خوشحالم که می‌بینمتون. چه خوب کردین اومدین. نزدیک بود ناامید شم. پس شازده کوچولو کو؟

-حسام پیش زهراس. راسسش دو دل بودم. ولی فهیمه انقدر از شما تعریف کرد که گفتم خیله خوب میرم. شرکت شما تو استانبوله.

-نه تو فردوسیه. از اینجا خیلی را نیس. خیلی دلم میخاد راجع به شما بشنوم. شما کار می‌کنین؟

-نه. علاوه بر خونمون شوهرم ارث خوبی از باباش برده بود که البته میرسه به حسام ولی تا کبیرشه من سر پرستی می‌کنم. کژروش پرسید ممکنه فضولی کنم بپرسم چقده. توران گفت در حدود ۲۰۰۰۰۰ تومن. خیلی پوله. بایس سرمایه گزاریش کنین که چاق ترشه. همینجوری ارزشش میره پایین. خودمم همین فکرو دارم ولی را چاشو نمیدونم. جسارت میشه ولی مخلص در خدمتگزاری حاضرم. حالا ببینم. بله حالا فرصت زیاده. راسسی فردا شب منزل جناب اعلم پارتی دعوت دارم. فهیمم هس. یعنی اصلا قراره با هم بریم. شمام تشریف بیارین بهتون خوش میگذره. آخه من ایشونو نمیشناسم. دعوت ندارم. چرا من دعوتتون می‌کنم. با همه اهمیتش آدم با معرفتیه. ادا-اصولی نیس. خیله خب من میرم منزل فهیمه که با هم بیایم. چه ساعتی؟ سر ساعت هشت.

-به به، به به، کژروش این دختر خوشگلا رو از کجا گیر اووردی.

-قربان فهیمه جونو که می‌شناسین. توران خانومم دوست جون جونیشه. این بود که فکر کردم به نیابت شما دعوتشون کنم. کار بسیار خوبی کردی آدم از دیدن خوشگلا خوشگل میشه. فری صفاری‌ام اومده. دیدیش؟ بله قربان از دور.

-گفتی توران خانوم... تفضل قربان. چه اسم خوبی شما با آقای تفضل کتابفروش نسبت دارین؟ -قربان پدرممن. چه خوب. یکی از بهترین کتابفروشی‌های تهرانو دارن. ما اغلب ازشون برای کتابخونه جناب مقتدرالدوله کتاب می‌خریم. فهیمه جان تو بیا بریم دم بار یه درینک برات بگیرم. کژروش تو هم از مهمونت پذیرائی کن.

یک ساعتی طول کشید تا مجلس گرم شود. ارکستر یه آهنگ تانگو زد که خیلی ازمهمان‌ها مشغول رقصیدن شدند. کژروش هم تورانو دعوت کرد که گفت من خوب رقص بلد نیستم. کژروش گفت تانگو که کاری نداره من ادارتون می‌کنم. درینک دوم را که گرفتند اعلم از آن طرف سالن پیداش شد: کژروش بیا آقای رشیدیان اومدن. این آقای کژروش خیلی به شما ارادت غائبانه داره. گفتم امشب بیاد که باهاش آشنا شین. بله اسمشونو شنیده م. مث اینکه یه وقتی برای حضرت مقتدر کار می‌کردین. بعله حالام هر وقت امر کنن در خدمتشون هسسم. رقص دوباره شروع شد. اعلم دست فهیمه رو سفت گرفت و کشید تو پیست. یکی از مدعوین هم از توران دعوت کرد.

رشیدیان کژروشو کنار کشید: خب منظور؟ هر چی امرکنین. بنده مخصوصا می‌خواسسم خدمت برسم چون ما مث هم فکر می‌کنیم جز اینکه شما استاد مائین. چاچول بازی رو بذار کنار بگو چی تو چنته‌ت داری. پول مول قلنبه جائی سراغ داری که شریک شیم؟ دویست هزار تومن چطوره؟ برا شروع هیچ بد نیس. کجا خوابیده؟ تو کیف توران خانوم. اوناهاش داره با حسین حاجبی می‌رقصه. از تن حاجبی که یه مو نمیشه کند. به حاجبی مربوط نیس. نم کرده منه. ینی دارم روش کار می‌کنم. خوب کی کارت تموم میشه؟ ایشالله بزودی. پس هر وقت تموم شد منو خبر کن که قرارشو بذاریم. در ضمن اگه سفارش مفارشی برا کسی میخای میتونی رو من حساب کنی. قربون شما.

____

-الو توران جان سلام عرض می‌کنم. کمالم. حالت چطوره. حال شازده کوچولو چطوره. سلام کمال جون حال تو چطوره؟ تازه چه خبر؟ والله می‌خاسم بگم الان دو سه ماهه که ما همدیگه رو می‌بینیم. توهم خوب احساسات منو نسبت به خودت میدونی. بنابراین معطل چی هسسیم. میخاسسم ازت دعوت کنم این آخرهفته باهم بریم یه جا. مثلا هتل چالوس.

-اوا مگه میشه. ما خونواده محترمی هسسیم. جواب آقا جونو چی بدم؟ تو هم احساسات منو میدونی ولی این کار ممکن نیس.

-پس ما کی به هم می‌رسیم؟

-یه را بیشتر نداره اونم اینه که منو از آقاجون خاسگاری کنی.

-آخه همینطور بی سابقه؟

-بی سابقه نیس. خودت گفتی دو سه ماهه. دیگه چه سابقه‌ای می‌خای؟ من که نمیتونم صیغه تو بشم.

این حرفا کدومه؟ خیله خب حالا که اینطوره با آقای تفضل قرارشو بذار که بیام که خاسگاری.

____

مخلصم قربان. مثل اینکه داریم نزدیک می‌شیم. تورانو راضی کرده‌م به سرمایه گذاری. شما وثیقه چی دارین؟

-همین پریروزا یه تیکه زمین سه هزار متری تو بیابونای بالا رستم آباد شمرون خریدم متری چهار تومن. یعنی بز گرفتم چون صاحابش مستاصل بود.

-زمین دوازده هزار تومانی وثیقه برا دویست هزار تومن پول نقد؟ توران قبول نمی‌کنه.

-پس تو به درد چی می‌خوری. اگه عرضه این کارم نداری پس شرکت بی شرکت.

-قربان من اگه عرضه این کارو نداشتم یه زن بچه دار به ریشم نمی‌بسسم.

-تو که چیز میز زیاد گیرت میاد. همین الان من خبر دارم که با مهری زن شریکت منوچهر تهرانی بالانس می‌زنی.

-قربان شما خیلی چیزا می‌دونین. اجازه بدین برم دنبالش. یک کارش می‌کنیم.

-توران یه اکازیون خیلی خوبی برا پول حسام جون گیر اوردم. عبدالله رشیدیان که میدونی کیه. یه آدمی مث اون حاضر شده باهات معامله کنه.

-راس میگی؟ رشدیان؟ چطو حاضر شد این کارو بکنه.

-به پس من چیکاره م؟ بی خود که بهم نمیگن کمال قرقی. قاپشو دززیدم ولی جناب اعلم هم کمک کرد. پولو بهش قرض می‌دیم ازش وثیقه می‌گیرم.

-طلا جواهر؟

-از اون بهتر، زمین مرغوب یه جای خوب شمرون. آینده داره.

-من که این چیزا رو بلد نیسسم. ریش و قیچی دسِ خودت. تو شیطونم درس میدی.

-کسی نمیتونه سر منو کلا بذاره. خیال راحت.

-مرسی کمال جون.

———————————————————————

خونه خیابون خانقاه رو که در واقع اونم ارث بود حسام داده بودند به سیادت صاحب لبنیاتی لوکس تهران در چاررا سد علی. حسام که دبستانو تموم کرد به اصرار کمال فرسادنش آمریکا به یه مدرسه شبانروزی تو ماساچوست. خرجشم با مقداری از اجاره ماهانه خونه میدادن. باقیشم توران می‌زد‌به جیب می‌گف منم حقی دارم.

سالها گذشت. کمال با ادامه دلالی و کلاهبرداری و دزدی ثروت هنگفتی به هم زد و دو سه بار خطر زندان را با رشوه و با زور جناب اعلم از سر گذراند. تورانم کتک‌های هر از گاهیش را سر مهری تهرانی و بعد از او بازهم فری صفاری و فهیمه فیلی می‌خورد ولی از بس جسما و روحا به کمال وابسته بود دم نمی‌زد و پیش مردم تظاهر می‌کرد که زن خوشبختی ست. حسام که بعد از دانشگاهش در بیست و چهار سالگی به تهران برگشت مادرش چل و پنج شش ساله و "کمال جون" پنجاه و دو سه ساله بود.

مهندس حسام کیا اکنون برای خودش مردی شده بود و در رونق اشتغال دهه ۱۳۵۰استاد یار مهندسی برق در دانشکده فنی شد. یک سال اول با یکی دو دختر آشنا شد تا اینکه گلویش پیش دختری از یک خانواده محترم گیر کرد و پیشنهاد ازدواج. دختر و خانواده‌اش هم مایل بودند. این بود که یک روز ناهار

منزل کژروش و مادرش دعوت داشت موضوع را مطرح کرد و گفت می‌خواهد زمین رستم آباد – که در تنیجه غلیان در آمد نفت و پایین بودن نرخ دلار دو میلیون دلار رویش قیمت گذاشته بودند – و همچنین خانه خانقاه را که دو ملیون تومن قیمت داشت بفروشد و یک خانه خوب برای زندگی زناشویی‌اش بسازد. گفت و توران گفتند این دختر که پولدار نیست برا چی میخای بگیریش. کژروش گفت در هر حال زمین که ملک آقای رشید یا نه و فقط میتونیم بهره مرکب این سالها رو ازش بگیریم. توران گفت نصف خونه‌م که حق منه... حسام گفت حالا بعدا صحبت می‌کنیم.

همان روز عصر حسام رفت دفتر وکالت امیر محمود تهرانیان پسر دائی نامزدش و از او مشورت خواست. فردای آن روز تهرانیان به دادگستری رفت و پرونده زمین را بررسی کرد. عصر همان روز حسام را به یک رستوران برد و گفت جوان ناپدری‌ات خیانت در امانت کرده است. وقتی پول ترا به رشیدیان دادند این زمین ارزشی نداشت و پس از دهسال به تو تعلق می‌گرفت ولی تو هنوز صغیر بودی قیمتش هم کم بود.

در نتیجه کژروش آن را بری تو تملک نکرد تا زد و چهار برابر شدن قیمت نفت و تبعات آن ارزش زمین را به دو میلیون دلار رساند. نصف این پول راهم که به تو نمی‌دادند. در نتیجه کژروش سند را به رشیدیان می‌دهد که در امضاء آن دست ببرد و ادعا کند که امضائش را جعل کرده اند و ملک در واقع مال اوست.

اگر بخواهی من به عنوان وکیل تو کژروش را به جرم خیانت در امانت تعقیب می‌کنم. شانس بردنمان کم نیست. البته رشیدیان نفوذش را به کار خواهد انداخت ولی من دکتر علی آبادی دادستان کل را دارم که در دانشکده حقوق استادم بود و یک انسان واقعی ست. حرف سر دو میلیون دلاره. حسام گفت

بگذار اول با کژروش اتمام حجت کنم چون شوهر مادرم است و او هم با همه بلاهایی که سرش آورده سخت بهش وابسته ست.

فرداش حسام به دفتر کژروش تلفن زد و گفت امروز عصر برای یک کار فوری به دفترتان می‌آیم.

-کمال جون شما رک وراست خیانت در امانت کرده ین که مال منو با رشیدیان بالا بکشین. وکیل گرفته‌م و همه چیزو می‌دونم. یا مالمو بدین یا شما رو تو دادگستری خواهم دید.

-به خیال می‌کنی رشیدیان دست رو دست میذاره. صنار بده آش.

-وکیل منم علی آبادی رو داره، دادستان کل.

کژروش اسم علی آبادی رو که شنید جا خورد ولی به روی خودش نیاورد. شب داستانو به توران گفت و گفت باید یه فکری کرد. توران گفت تو پول بچمو خوردی ولی من رو رو به اون نمیدم. بهش بگو از وقتی که این موضوع رو شنیدم کمر درد و دل درد شدید گرفته‌م که دکترا میگن عوارض نگرانی شدید و مزمنه.

دو روز بعد خودش گوشی تلفنو ورداشت.

-حسام جون سلام. بی مقدمه، کمال به من گفت تو بهش تهمت زده ی و تهدیدش کرده ی. این چه فکری ست. آدم از این شریف ترنمیشه. من الان دو روزه عذاب می‌کشم دکتر قرص داده ولی میگه تا نگرانیت رفع نشه خوب نمیشی. از خر شیطون بیا پایین. کمال بیشتر از چهل هزار دلار نداره بده. اونم با قرض و قوله. از کسب حلال که پولی در نمیاد. ولی تو اول زندگیته. یه کم صبر کن پول خودش میاد. حسام ساکت و صامت خشکش زده بود.

*سپتامبر ۲۰۲۳

-خیله خب توران جون. بذا فکر کنم.

-حسام آقا توران که بهت همه چیزو گفته. اگه بری دادگستری طلاقش میدم و میندازمش بیخ ریش خودت.

-خیله خب من به خاطر مادرم از حقم میگذرم ولی دیگه با تو کاری ندارم. بیخود نیس که بهت میگن دزد تهران.*

---

* سپتامبر ۲۰۲۳

شاعر خلقم و از هر دو جهان آزادم

ابراهیم هروی شاعر سرشناس پشت میز نشست و کیسه خود را هم دم دستش کنار میز گذاشت. رئیس جلسه پس از خیر مقدم گفت البته استاد هروی نیازی به معرفی ندارند ولی برای اینکه حرمت ایشان رعایت شده باشد باید بگویم که به نظر پروفسور هانس شوارتز استاد سرشناس شعر و ادب فارسی در دانشگاه لایپزیگ ایشان یکی از پیشتازان شعر معاصر فارسی‌اند و آثارشان روح نیما را زنده کرده است. گذشته از این، همه می‌دانیم که ایشان یک انقلابی بسیار با سابقه‌اند تا حدی که در "شب‌های شعر" که در جریان انقلاب در انجمن فرهنگی گوته برگزار شد یکی از شاعران برجسته خلق نامیده شدند.

هروی درحالی که به خود می‌پیچید حرفش را قطع کرد و گفت آنجا بیست و چند سال پیش در تهران بود و ما اکنون اینجا در برلین هستیم، و دستش را در کیسه کرد و یک لیوان بزرگ، یک حلب آبجو و یک بطری ودکا بیرون کشید. حلب آبجو را باز کرد و در لیوان ریخت. سپس در بطری ودکا را باز کرد و مقداری

ودکا هم به آن اضافه کرد و نیم لیوان را سر کشید. و پس از نفس بلندی گفت ما درآن زمان زیادی ایدئالیست بودیم. حالا اوضاع فرق می‌کند. ما نباید زیاد پاپی امپریالیسم شویم. به قول عشقی "آزادی و انقلاب اول گم شد / بار دگر انقلاب می‌باید کرد". ما درآن زمان از سر خشم و نادانی علیه امپریالیسم انقلاب کردیم ولی حالا باید با کمک آمریکا انقلاب واقعی، انقلاب آزادیبخش، را رهبری کنیم. مگر نشنیدید پرزیدنت بوش دیروز در مصاحبه‌اش چه گفت؟ محور شرارت! یعنی کار این جماعت دیگر تمام است. اول عراق، بعد ایران...

یک نفر ازمیان جمعیت داد زد روضه خوانی نکن؛ شعرت را بخوان و گورت را گم کن. هروی با صورت برافروخته گفت زکی. من فلان کسی را پاره می‌کنم که برای من شاخ و شانه بکشد.

صدای دیگری بلند شد که مگر تو فدائی نبودی، مگر اقلیتی نشدی. مگر با فلان و بهمان به دانشجویان خط امام به افتخار گروگان‌گیری پیام تبریک نفرستادی؟ چطور شد که حالا می‌خواهی از امپریالیسم آمریکا کمک بگیری که بار دگر انقلاب کنی. ترست از ۱۱ سپتامبر به جای خودش، ولی بگو چقدر بهت داده اند که شیرت کنند.

هروی زبانش بند آمده بود. رئیس جلسه حالش از او هم بدتر بود و مدام می‌گفت دوستان شلوغ نکنید. جلسه را به هم نزنید وگرنه مجبورم خودم جلسه را تعطیل کنم. هروی به سرعت یک لیوان آبجو و ودکای دیگر پر کرد و بالا انداخت. بعد بلند شد و فریاد زد من برای فاشیست‌ها شعر نمی‌خوانم. کیسه‌اش را برداشت و تقریبا بدو سالن را ترک کرد.

آنچه آن دو تن انقلابی سابق تند تند تحویل هروی دادند واقعیت داشت. ابراهیم هروی از دانشگاه تهران لیسانس ادبیات گرفته و بعد با بورس دولتی برای گرفتن دکترا پس از پنج سال با یک فوق لیسانس فلسفه از دانشگاه زاربروکن به تهران برگشته وبا دوز و کلک خودش را دکتر جا زده و در دانشگاه ملی استادیار فلسفه شده بود.

در آلمان که بود دست از پا خطا نکرده و بی توجه به جو چپ انقلابی به سیاست وارد نشده بود. البته نگران بورسش بود و به همین دلیل با مقامات دیپلماتیک ایرانی در آلمان روابط خوبی داشت. در ایران که بود مال گیرش نمی‌آمد و امورش را با کارگران ارزان می‌گذراند ولی در آلمان نشان داد که آب که ببیند شناگر ماهری‌ست؛ و به قول عبید دو بدین چنگ و دو بدان چنگال! مخصوصا اینکه با بورس پول نفت وضع مالی خوبی هم داشت و دختر پیشخدمت‌های کافه‌ها را به خود جلب می‌کرد. انصافا ریخت و قیافه بدی هم نداشت. دست آخر در یک سفر به ایتالیا تیکه خوبی تور زده بود که حاضر شد به شرط ازدواج با او به آلمان برود. این در سال آخر اقامتش در آلمان پیش آمد که الواتی‌هایش را کرده بود و درآستانه باز گشت به ایران می‌خواست "اموراتش" معمور باشد.

اما البته حالا وضعش در تهران با پیش از رفتن به آلمان از زمین تا آسمان تفاوت می‌کرد. "دکتر" که بود؛ آلمانی که بلد بود؛ دانشگاه که درس می‌داد؛ حقوق خوب هم که می‌گرفت؛ شعر هم که می‌گفت؛ مارکسیست–لنینیست هم که شده بود؛ "آنچه خوبان همه دارند..." و به قول قدما کی مره این همه راه رو؟

بازارش آنقدر گرم شد که بالاخره همسر ایتالیائی‌اش با چشم گریان دختر هشت ماهه‌شان را بغل کرد و دست خالی برگشت به ولایتش پدوا، شهری نزدیک ونیز. فقط به ابراهیم گفت دستکم پنج هزار دلار به من بده که من وقت ورودم

به ایتالیا گرسنه نمانم. پاسخ: ندارم، نمی‌خواهی برو شکایت کن. که البته یعنی کشک.

از قضا برای ابراهیم وقت مناسبی بود چون دو سه ماه بود مترس سوگلی‌اش فشار می‌آورد که یا ازدواج یا بای بای. این اولین بار بود که گلوی ابراهیم حسابی گیر کرده بود و مرتب اشعار عاشقانه می‌گفت و برای میشانا من خواند. میشانا زن بیست و هفت هشت ساله زیبا و بسیار سخاوتمند و خوش اخلاقی از طبقات متوسط بالا بود که بعد از اینکه از شوهر دومش جدا شد یک رستوران باز کرد که خودش با دو پیشخدمت آن را اداره می‌کرد. رستورانش بیشتر پاتوق هنرمندان و روشنفکران نسبتا جوان بود که تقریبا همه‌شان چپ بودند. یعنی آن زمان مشتریان بیشتر کافه‌ها و رستوران‌ها در مرکز و شمال شهر مثل ریویرا در خیابان قوام السلطنه یا تهران پالاس در خیابان شاهرضا تیپ هواداران چریک‌ها بودند اگرچه طرفداران مجاهدین را بیشتر در مساجد و کافه‌های دور و بر بازار می‌شد یافت.

باری بیانکا که شرش را کند ابراهیم مشتری هر شب رستوران میشانا شد تا جایی که حتی دو تا دختر دانشجوئی را هم که گهگاه به درد دلش می‌رسیدند از سر باز کرد. و گذشته از شعرهای عاشقانه خودش غالبا از قول میرزاده عشقی، معروف به شاعر شهید ملی، به میشانا می‌گفت: من عاشقم گواه من این قلب چاک چاک / در دست من جز این سند پاره پاره نیست.

میشانا هم برای اینکه آتشش را تند و تیزتر کند جلو او برای بعضی از مشتری‌ها قر و اطوار می‌آمد. ابراهیم هم گاهی به تلافی با مشتری‌های زن لاس خشکه می‌زد، مثلا دو بیت شعر عاشقانه می‌خواند یا یک نکته مبتذل فلسفی می‌پراند — که بله باید "نقد برهان ناب" امانوئل کانت را خواند تا به عمق فلسفه پی برد — و آنها را در اعجاب و تحسین فرو می‌برد.

اما اگرچه ابراهیم سر زبان و در گفتگوهای کافه‌ای از "فرهنگ پرولتری"، "هنر در خدمت اجتماع"، "رئالیسم سوسیالیستی" و وردهائی از این دست دم می‌زد و پز می‌داد اما از هر اقدامی که دمش را لای تله بیندازد سخت پرهیز می‌کرد: سنگ مفت، گنجشک مفت.

تا اینکه زد و در دانشگاه تهران اعتصاب شد. و جمعی از دانشجویان و استادان دانشگاه ملی برای ابراز همدردی با آنان به دانشگاه تهران رفتند و دست "دکتر" هروی را هم تو پوست گردو گذاشتند که همراهشان برود. وقتی به آنجا رسیدند دانشجویان در صحن دانشگاه می‌دویدند و علیه رئیس با سواد و لایق دانشگاه شعار می‌دادند. از جمله دکتر منتظر حضور استادیار اقتصاد جلو جمعیت حرکت می‌کرد، چوب بلندی را دور سرش می‌چرخاند و فریاد می‌زد "بگو مرگ بر عالیجانی". و همین هم شد یعنی همان شب شاه با داد و فریاد عالیجانی را معزول و برای ابد از خدمات دولتی محروم کرد.

جمعی می‌گفتند که – به قول ایرج – "کار کار رنده‌ست". دو سه سال بود که چو انداخته بودند که شاه می‌خواهد دخترش شهناز را برای عالیجانی بگیرد و او را نخست وزیر کند. (بگذریم از اینکه عالیجانی همسر فرانسوی و دو فرزند داشت و درعین حال شهره قائم مقام مترسش بود!)

باری حضرات می‌گفتند که، در نتیجه، رنده که سخت احساس خطر کرده بود اول شاه را – با این استدلال که کم کم ادعای عالیجانی دارد به ادعای نمرود می‌رسد – اغوا کرد که نه فقط او را از وزارت بازرگانی عزل کند بلکه به ورطه خطرناک دانشگاه تهران بیندازد. باقی کار آسان بود چون کافی بود که امثال منتظر حضور را تحریک کند که زیر پای عالیجانی را در دانشگاه خالی کنند. و دانشجوها هم که معطل یک چش بودند.

دو سه روز بعد تلفن منزل ابراهیم هروی زنگ زد:

-الو، آقای هروی.

-بله. شما؟

-من از نخست وزیری تلفن می‌زنم. ما می‌خواهیم سر یک موضوعی با شما چند دقیقه صحبت کنیم.

-مرا چه به نخست وزیری؟

-خودتان را به آن راه نزنند. چهارشنبه سر ساعت ۶ صبح بیائید شماره ۱۵ خیابان ویلا. کارت دانشگاهتان راهم با خودتان بیاورید.

-حالا ساعت ۸ نمی‌شود.

-ما اینجا بیکار نیستیم سر ساعت ۶

هروی بد جوری ترسید. فورا رفت رستوران و به میشانا گفت یک اتفاق بدی افتاده. امشب خودت را به سر درد بزن و یک ساعت زودتر رستوران را تعطیل کن بیا خانه درباره‌اش صحبت کنیم.

-درباره چی؟

-حالا تو بیا تا بهت بگم.

-خب ابی حالا بگو جریان دراماتیک چی بود که من باید یک ساعت دکان را زودتر تخته می‌کردم.

-میشی جان دنبالم آمده‌اند. چهارشنبه ۶ صبح باید بروم سازمان امنیت. دلیلش را نپرس چون نمی‌دانم. تو میان دوستان جفت و طاقت حتما یکی دو نفر را می‌شناسی که نفوذشان را به کار بیندازند. فورا باهاشان تماس بگیر ببین چکار می‌توانند بکنند.

-بابا هنوز خبری نشده که این طور خوف کرده ای. به هرکه بگویم خواهد گفت بگو ابی برود ببینیم چه می‌گویند. بعد اگر لازم بود اقدام می‌کنیم. تو بودی همین حرف را نمی‌زدی؟

ابراهیم کمی آرام گرفت و گفت بسیارخوب. پس چهارشنبه توهم باهام بیا. میشانا گفت‌ای بابا مگر بچه شده ای. اصلا اگر من بیام شک می‌کنند که موضوع چیست. حتی ممکن است راهم هم ندهند. یک کم آرام بگیر و برو ببینیم چه می‌خواهند. اصلا شاید بخواهند تو براشان خبر چینی کنی چون می‌دانند که در رستوران همه جور آدم همه جور حرف می‌زنند. ابراهیم گفت ترا به خدا دیگر شوخی نکن. آدرس شماره ۱۵ خیابان ویلاست — اگر لازم شد.

یک اتاق کوچک بود با دیوارهای سفید و یک صندلی. طرف راست آن هم یک در دیگر بود که بسته بود.

یک تابلوی نسبتا کوچک قاب شیشه‌ای هم به دیوار بود که رویش درشت نوشته بودند: زبان سرخ سر سبز می‌دهد برباد. نیم ساعتی گذشته بود که ناگهان از پشت در بسته صدا بلند شد که پدرسوخته نگفتیم آگر بازهم از این غلط‌ها بکنی چوب تو آسسینت می‌کنیم. نگفتیم گه زیادی نباید بخوری. باز رفتی زنده باد مرده باد گفتی. می‌خوای مهری رو بیاریم اینجا جلو خودت ترتیبشو بدیم؟ این

دفه رو می‌گذریم. فقط ای اصغر آقا بیا تو این مادر فلان را ببر پائین فعلا پنجاه تا شلاق کف پاش بزن. اگه بازم آدم نشد یه فکر دیگه براش می‌کنیم.

دو سه دقیقه سر و صدا و صدای به هم خوردن درها. بعدش هم سکوت. یک وقت هروی ساعت را نگاه کرد دید یک ربع به ۹ است. خواست صدا کند که در اتاق پهلویی باز شد.

-سلام آقای هروی. امروز وقت نشد. ۶ صبح روز شنبه بیائید.

-آخر من ساعت ۶ آمدم. نزدیک سه ساعت است. نمی‌توانید امرتان را بگویید؟

-همان که گفتم. ۶ صبح شنبه. حالا می‌توانید بروید پی کارتان. این را گفت و برگشت به اتاق پهلویی و در را بست.

هروی یکی دو دقیقه این پا آن پا کرد و بلند شد رفت تو راهرو و از آنجا هم زد به خیابان. دیگر کسی را ندید.

-شما چه جور مارکیست-لنینیستی هسسین- توده‌ای، فدائی، مائویست چینی، مائویست آلبانی، تروتسکی‌ایست، اوروکمونیست، یا جور دیگه‌ای؟

-والله هیچکدام.

-انکار و دروغ دردتونو دوا نمی‌کنه. ماشیا خانم چطورن؟ هنوز ددری‌ان یا حالا که زن شما شدن سر براهن؟ ایشونم مارکسیست-لنینیست شدن؟

-من که گفتم مارکسیست-لنینیست نیسسم.

-پس بلبل زبونی‌تون تو رستوران درباره فرهنگ پرولتری و این حرفا از کجا اومده؟

-من رشته‌م فلسفس. خب یه کمی از این چیزا میدونم. ولی من اصلا سیاسی نیسسم.

-پس چرا از عراق طرفداری می‌کنین؟

-عراق به من چیکار داره.

-یعنی حاضرین ازپشت تلویزیون عراقو محکوم کنین؟

-اگه مجبور باشم می‌کنم. ولی من که نه سر پیاز نه ته پیازم فکر نمیکنین اسباب خنده میشه؟

-شما که سیاسی نیسین صاحاب این عکسو می‌شناسین با مشت گره کرده. شما دانشگاه ملی هسسین، چرا تو انقلاب دانشگاه تهران شرکت کردین؟

-والله رفته بودم تموشا.

-این عکس یه تموشاچیه؟ حالا این دفه رومی تونیم اغماض کنیم. ولی یه دفه دیگه از این غلطا بکنین سر و کارتون با کمیته‌س. قلم و کاغذ که جلوتونه. ور دارین به قول مرشدتون جلال یه گه خوردم نامه بنویسین و گورتونو گم کنین و دعا کنین که دیگه این طرفا پیداتون نشه.

وقتی که کارتر بوق حقوق بشر را زد کم کم تغییراتی پدید آمد. حالا روزنامه‌ها می‌توانستند درباره مشکلات کشاورزی مقاله بنویسند. مخالفین و ناراضی‌ها

زمزمه می‌کردند که "جو بین‌المللی عوض شده". عوامل ساواک در روزنامه‌ها می‌نوشتند که این سروصداها همه‌اش به خاطر این است که دموکرات‌های آمریکا می‌خواهند دکتر امینی را نخست وزیر کنند، غافل از اینکه این حرف‌ها مخالفان و انقلابی‌ها را بیشتر شیر می‌کند. شعار غربزدگی دیگر بیداد می‌کرد و می‌گفتند حتی دوستان و اطرافیان فرح بانو هم به آن ایمان آورده اند.

در این جو بود که هروی جان تازه‌ای گرفت. دو سال بود که پس از چند وقت که سر و گوش خودش و میشانا جنبیده بود بالاخره غزل خداحافظی را با هم خوانده بودند ولی به خصوص با نزدیک شدن به فدائیان اوضاعش از این نظر جور بود. در واقع این امکانات او را بیشتر به گرفتن ژست انقلابی تشویق می‌کرد. بعد از این که نامه کانون نویسندگان را امضاء کرد ، ده روز "شب‌های شعر" – که معروف بود از دمشان مارکسیست-لنینیست‌های دو آتشه‌اند – شاعر خلق را حسابی رو آورد. دوستان دو سه تا تلفن تهدیدآمیز بهش کردند ولی روشن بود که هر اتفاقی هم که بیفتد آن بساط برچیده می‌شود و خطر رفع شده است. محض خالی نبودن عریضه هروی دو سه مدیحه هم برای مرشد امت گفت که مغایرتی با راه و روش رفقای فدائی نداشت.

"بگو مرگ بر شاه سگ زنجیری امپریالیسم"، "بگو مرگ بر آمریکای جهانخوار"، "بگو مرگ بر اسرائیل". "خمینی عزیزم بگو تا خون بریزم"، "روح منی خمینی / بت شکنی خمینی". "شا عزم سفر کرده / گه خورده غلط کرده / کابینه عوض کرده / گه خورده غلط کرده". "مرگ بر بختیار / نوکر بی اختیار"، "نه شا میخایم نه شاپور / لعنت به هر دو مزدور"... و ناگهان فردوس اعلا! "بیا بریم که می‌خوریم / شراب ملک ری خوریم – حالا نخوریم کی خوریم؟"

شور انقلابی داشت از نفس می‌افتاد و حالت یاس و دو دلی خیلی‌ها را گرفته بود که ناگهان فریاد بلندی همه‌شان را تکان داد: "خمینی می‌رزمد/ کارتر می‌لرزد". روزنامه کار با تیتر درشت اعلام کرد: "آری مقدم مراغه‌ای جاسوس امپریالیسم آمریکاست"، غافل از اینکه مقدم چند وقت بعد برای امرار معاش - با اونیفورم رسمی - دربان جلو یک هتل لوکس واشنگتن خواهد شد و بالا و پائین خواهد رفت.

روشنفکران توده‌ای ازجمله محمود اعتماد زاده (به آذین)، سیاوش کسرائی، امیر هوشنگ ابتهاج و غیره با تلگرامی به "حضور عالی آیت‌الله العظمی امام خمینی رهبر آزموده و رهشناس انقلاب اسلامی ایران" با شور انقلابی گروگان گیری را تبریک گفتند. و متعاقب آنها خیلی از دیگران مانند احسان طبری، امیر حسین آرین پور، جمال میرصادقی، ناصرایرانی، اسماعیل نوری علا و غیره آن را تایید کردند.

چپ‌های غیر توده‌ای مانند احمد شاملو، باقر پرهام، اسماعیل خویی و از آن جمله ابراهیم هروی که حالا اقلیتی شده بود، اما، نامه تایید و تبریکشان را به "دانشجویان پیرو خط امام" خطاب کردند. اگر چه دو سه سال بعد بیشترشان یا در زندان بودند یا مانند هروی به غرب پناه آورده بودند. هروی اول به زاوربروکن رفت ولی چند ماه بعد سر از کلن در آورد.

چند سال اول مهاجرت هنوز بازار گرم بود. شاه‌اللهی‌ها منتظر بودند که کارتر برود و آخوندها را هم با خود ببرد و سر اینکه باید نظام "مشروطه سلطنتی" یا "سلطنت مشروطه" جای جمهوری اسلامی را بگیرد به هم فحش می‌دادند. اگرچه همه‌شان می‌گفتند که دمکراسی می‌خواهند ولی شرط می‌گذاشتند که

هفته اول آزاد باشد بعدش دموکراسی بشود! بختیاری‌ها بین خودشان سر جمهوری و مشروطه دعوا داشتند ولی دق دلشان را بیشتر بر سر رانده شدگان جمهوری اسلامی مثل بازرگان ("مهدی موش") و بنی صدر ("بنی سگ") خالی می‌کردند. مجاهدین هر کسی را که جز قیام مسلحانه راه دیگری برای فعالیت پیشنهاد می‌کرد خائن و هوادار جمهوری اسلامی می‌نامیدند و روشنفکران و شاعران بسیاری هم صد درصد آنان را تایید می‌کردند.

هروی اما هنوز اقلیتی بود و به این باور که بزودی خلق‌ها برخواهند خاست و تکلیف همه – جمهوری اسلامی، شاه‌اللهی‌ها، مجاهدین، توده‌ای‌ها و اکثریتی‌ها و غیره را -در یک حمام خون یکسره خواهند کرد. وجوهاتش که از صندوق بیکاران آلمان می‌رسید و به اتکاء شعرش نیازی به پشتیبانی سازمان‌هائی مانند مجاهدین و جریان بختیار احساس نمی‌کرد. تقریبا هر هفته به یک عنوان یا بهانه‌ای مجلس بزرگی به راه می‌افتاد و تقریبا در همه آنها هروی شعرهای انقلابی می‌خواند. شگردش این بود که به دختر و پسرهای پامنبری‌اش سفارش می‌کرد که همه در گوشه راست سالن روبروی پلاتفرم بنیشنند. آنوقت در همان گوشه روی پلاتفرم می‌ایستاد و شعرهایش را یک یک می‌خواند. هر کدام که تمام می‌شد مریدانش که روبروی او نشسته بودند کف مرتبی می‌زدند و او تا کمر خم می‌شد. برای افراد پیشرفته منظره مضحکی بود ولی مگر چند تن از اینگونه افراد در یک سالن دویست سیصد نفری بودند.

بعد از چند سال اقلیتی‌ها فروکش کردند ولی هروی دیگر به وجهه خودش خود را به عنوان شاعر خلق و دشمن آشتی ناپذیر جمهوری اسلامی جا انداخته بود و کمال دقت را هم می‌کرد که خشم دسته‌های دیگر را بر نیانگیزد که مانند خیلی‌ها بر سرش بتازند. و مهم‌تر از همه اینکه با سه چهار نفر الوات دیگر دخترها و زنان مشتاق را تور می‌انداختند و – بی اغراق – به یکدیگر پاس

می‌دادند. تا اینکه هروی به فریبا، یک دختر بیست ساله زیبا که ژست شاعری هم داشت، بر خورد و برای مدتی گلویش پیش او گیر کرد. دختره هم با اینکه دستکم سی سال از او جوانتر بود دوستی با شاعر خلق برایش افتخار انگیز بود، به خصوص که استاد او را به عنوان شاعر هم جلو می‌انداخت و پیش پیش دستی به شعرهایش می‌کشید که آبرو را حفظ کند.

در این مدت هروی به کلی الکلی یعنی دائم الخمر شده بود. هر جا می‌رفت چه در مجلس وعظی و چه در خانه مریدی کیسه آبجو و ودکایش همراهش بود؛ یک لیوان بزرگ را از آبجو پر می‌کرد و درآن مقداری ودکا می‌ریخت و بعد از آنکه تمام می‌شد، یکی دیگر. و حتی پس از آنکه سکته قلبی و عمل جراحی کرد برخلاف دستور اکید دکترها عادات عیش و نوشش را ترک نکرد. پس از چندی شایع شد که فریبا با مردان دیگری هم سلام و علیک پیدا کرده و توضیحش این بود که "ابی می‌گوید دیگر کاری از دستش بر نمی‌آید." آیا واقعیت داشت و دلیلش افراط در الکل بود؟ آیا این داستان را ساخته بود که دختره را از سر وا کند و به مرغزارهای تر و تازه‌ای سر بزند. هر کس چیزی گفت ولی بالاخره هیچکس به دلیل واقعی، هر چه بود، پی نبرد.

ولی چه نیکو گفت آن شاعر که " یکی نقش بازی کند روزگار/ که بنشاندت پیش آموزگار". شوک بزرگ اول ظهور گورباچف و به دنبال آن سقوط کعبه آمال، سرزمین آزادی‌های پرولتری، بود که نسبتا به سرعت هروی و امثال او را به تغییر آرایش سیاسی ترغیب کرد. چین هم که در همان احوال انقلاب خلق‌ها را طلاق داده بود. ولی شوک دوم ده سال بعد یعنی ۱۱ سپتمبر صد در صد کاری بود. هم باید به قول عبید "مذهب منسوخ" را از کارنامه‌ات پاک می‌کردی و هم "مذهب مختار" را پیشه می‌کردی. مسابقه شروع شد. یکی بعد از دیگری.

"کی بود کی بود؟ من نبودم". به سرعت آزادی‌های بورژوائی جا افتادند و امپریالیسم آزادیبخش شد. خیلی شان به هواداری از حمله آمریکا به عراق سینه چاک می‌کردند با اعتقاد صریح به اینکه بلافاصله بعد از آن نوبت ایران خواهد بود.

هروی هنوز به شعرخوانی در انجمن‌های ایرانی اروپا و آمریکا ادامه می‌داد ولی هم شعرها هم شعارها تغییر یافته بودند چون این بار انقلاب برای دموکراسی بورژوائی بود. ولی دیگر سن و سالش بالا رفته بود و باقی رمقش راهم الکل از او گرفته بود. نتیجه اینکه یک بار که در مجلسی مشغول شعر خوانی بود لیوان چهارم آبجو-ودکا را سر کشید ناگهان همان پشت میز فریادی زد و پس افتاد. انا لله وانا الیه راجعون.*

____

خداوندا کی این جهان آماده خواهد بود که قدیسین تو را بپذیرد؟

برنارد شاو – ژاندرک

زهرا سلطان

وقتی وارد آشپزخانه شدم زهرا سلطان داشت با کارد سبزی خرد می‌کرد. گفتم سلام. قرمه سبزی داریم؟ گفت آره مادر جون ولی برای شام امشب. گفتم پس ناهار چی.. گفت شیربرنج و کتلت حاضره. از خوشحالی پریدم رو هوا: به به زهرا سلطان جون دستت درد نکنه من هر دوشونو خیلی دوست دارم. نوش جونت بهرام خان. راسسی امروز تو کلاس چی خوندی؟ گفتم فارسی و حساب. گفت تو که فارسی خوب بلدی و زد زیر خنده. گفتم نه این فرق می‌کنه. خوندن و نوشتن یاد میدن و لغت معنی.

-می دونم جونم سر به سرت میذاشتم من یک کمی خوندن بلدم ولی نوشتن یادم ندادن. آخر ما تو ده بودیم. دهمان یه معلم داشت که خود اونم نوشتن زیاد بلد نبود. فقط سیاهه نوشتن بلد بود. ما پول نداشتیم، سواد نداشیم از سحر تا تاریکا هم کار می‌کردیم ولی از زندگیمون راضی بودیم.

- چه خوب زهرا سلطان جون. من حالا برم لباسمو عوض کنم.

راسسی مامانم خونس. آره مهری خانم رفته بودن دیدن ملی خانم دختر خاله شان نیم ساعت پیش برگشتن حالا بالان.

داشتم از آشپزخونه می‌رفتم بیرون که زهرا سلطان گفت راسسی بهرام خان دکتر کشاورز کیه. گفتم مثل اینکه دکتر بچه‌هاس. گفت دکتر شماهاس؟ گفتم نه دکتر ما دکتر قریبه. مامان میگه میگن اونم دکتر خوبیه ولی تو سیاسته.

-حالا چی شد زهرا سلطان جون که تو به فکر دکتر کشاورز افتادی؟

-من اصن اسمشم نشنیده بودم. ولی دیدم تو کوچه یکی می‌خونه "سگ آبله به رو دکتر کشاورز". اسم چن نفر دیگرم تو شعرش برد ولی من فقط این تیکه یادم موند. حال راس راسی آبله به روس.

-من که ندیدمش بایس از مامان بپرسم.

*

از آنچه شنیده بودم زهرا خانم ۲۸ سال بود که آشپز منزل ما بود. یعنی از هفده هجده سالگی. و در طول این مدت با راهنمائی مادر بزرگم یک آشپز درجه یک شده بود. اهل یکی از روستاهای همدان بود. ۱۲ سلگی شوهرش داده بودند به یک رعیت ۱۴ ساله به نام جواد. خانوار خودشان صاحب نسق ملک کوچکی بودند که بیشتر روزی شان از آن می‌گذشت اگر چه یک الاغ و چند مرغ و خروس هم داشتند. خانوار شوهرش ولی خوش نشین بودند با یک جفت گاو که برای شخم زدن به بعضی نسق داران اجاره می‌دادند و مقداری مرغ و خروس. از بچه پنج ساله به بالا همه شان صبح تا شب کار می‌کردند از جارو کشی و رختشوئی گرفته تا قشوی الاغ و جمع کردن سنگ و کلوخهای جاده مالرو که تا نزدیکی‌های همدان – در حدود چهار فرسخ – ادامه داشت. آشپزی که مطرح نبود. خودشان در آلونک خشت گلی‌شان یک کوره کوچک داشتند که در آن هر

شبم نان جو ی پختند و ته ماندهاش را برای صبح میگذاشتند – گذشته از کارهای کشاورزی که بیشترش وظیفه از ده ساله به بالا بود.

*

به نظرم سال ۳۷ بود که تعطیلات عید خانواده ما اصفهان دعوت داشتند. من نرفتم چون پدر و مادر رویا دوست دخترم موافق نبودند که با ما بیاید. من ماندم و زهرا سلطان چون خدمه دیگر هم به دیارشان رفته بودند. یک روز که با رویا تو یک رستوران ناهار خورده بودیم بعدش رفتیم منزل ما. گفتم رویا همانطور که به تو گفتهام زهرا سلطان آدم نازنینی ست. بیا برویم پای صحبتش بنشینیم. زهرا سلطان گفت ۱۳ سالگی یک شکم زائیدم – یک پسر سرخ و سفید و خوشگل ولی هنوز زبان باز نکرده بود که حصبه او را برد. سال بعد یک شکم دیگر زائیدم، یک دختر که مرده به دنیا آمد. شانزده ساله بودم که علیممد را زائیدم که خدا او را به ما بخشید. ما چیزی نداشتیم که نذر و نیاز کنیم ولی سر نماز خدا را قسم میدادیم که این بچه را به ما ببخشد. حالا بیست و هفت هشت ساله است و ماه به ماه سراغ مرا نمیگیرد.

یک روز اویار حسن از شهر آمد و گفت زهرا چی بگم دلم بگم خونه جواد آقا تو شهر رفته زیر گاری. گفتم وای خدا منو بکشه، مرده یا زندس. کجای شهره. گفت تا وقتی که من اونو دیدم نفس میکشید. بردنش مریضخونه شهرداری تو میدون بوعلی.

خوشبختانه جواد الاغمون را نبرده بود و سر جاده ترک دو چرخه پست سوار شده به شهر رفته بود. علیممد رو به ننم سپردم و با الاغ به راه افتادم. تمام راه گریه کردم. تو شهر خدا میدونه چقد طول کشید تا پرسون پرسون مریضخونه رو پیدا کردم. اونجام کسی به من محل نمیذاشت تا یکی بالاخره گفت اون کلا نمدی رو میگی که رفته بود زیر گاری؟ اون که دو ساعت پیش رحمت خدا رفت. غش کردم و افتادم تا اینکه به حالم اوردن و یه نون چائی بهم دادن. گریه

کنون گفتم مگه آدم بره زیرگاری میمیره. گفتن گاری اسباب کشی بود و تمام وجودشو خرد کرده بود.

ما که پول و وسیله نداشتیم. ناچار ایستادم تا خودشان او را در قبرستان حاج حسین که همان نزدیکی‌ها بود دفن کردند. فکرش را بکن یک جوان هفده ساله با زن و یک بچه. دو سه ماه شب و روز نداشتم. پدر جواد آقا مرده بود ولی مادرش خیلی دلجوئی می‌کرد. تا اینکه به مرگ جواد آقا عادت کردم و برگشتم پیش پدر و مادرم با علیممد. یک زن بچه شیرده بودم که باید هر روز کار می‌کردم. مادرم در نگهداری علیممد کمک می‌کرد. از قنداق که در آمد او را پشت کمرم می‌گذاشتم و کارهای روزانه‌ام را انجام می‌دادم.

دو سالش بیشتر شده بود که برای من شوهر پیدا شد. مش باقر ۵۲ ساله شش ماه بعد از مرگ زنش به خواستگاری من آمد. مرد ۵۲ سله زن شانزده ساله می‌خواست. آقام و ننم اصرار اصرار که قبول کنم. می‌گفتن وضعش خوبه. خوشبخت می‌شوی. من می‌گفتم یک لقمه نان بیشتر در جوار یک پیرمرد پنجاه شصت ساله که خوشبختی نیست. بالاخره هر چه مش باقر و پدرمادرم فشار آوردند قبول نکردم. تا اینکه چند تومن ارث جواد آقا به من رسید. خودم هم دو سه تومن ذخیره داشتم. گفتم یا شانس و یا اقبال. می‌روم شهر کارگری می‌کنم. یه روز علیممدو بغل زدم و پای پیاده به همدان رفتم.

تو شهر یراست رفتم مریضخانه شهرداری. جای دیگری را که بلد نبودم. به فراش دم در گفتم برای کار خواستن کی رو باید دید. گفت گمون نمی‌کنم کار و باری داشته باشند ولی برو اتاق نمره ۵. همینطور بچه به بغل رفتم اونجا به اون خانم پرستاری که پشت میز نشسسه بود سلام کردم و گفتم خانومجون دسسم به دامنتون یه کار به من بدین – همه کاری می‌کنم، رختشوئی، جارو کشی، اتو کشی، شیشه پاک کنی. گفت تو اهل کجائی. گفتم حسین آباد، چند فرسخی اینجا. گفت خب اینجا چکار می‌کنی. گفتم خانمجون به زور

می‌خواسسن به یه پیرمرد شوورم بدن ناچار فرار کردم. خانوم جون دسسم به دامنتون.

-این کارها دست خانم مدیر است ولی من اطلاع دارم که ما فعلا کارگر لازم نداریم. اما شانس آوردی که یکی از همسایه‌های ما دنبال کارگر مطمئن می‌گردد , صبر کن تا عصر برویم منزلش. خیلی طول نکشید که آن خانم پرستار که بعد فهمیدم اسمش لیلا خانم است گفت یاالله برویم. گفتم جسارت می‌شود ولی این بچه تا حالا صبح چیزی نخورده. ممکن است یک تکه نان به او بدهید. گفت بیا بریم آشپز خانه. لعیا خانم، این دختر و بچه‌اش صبح تا حالا چیز ی نخورده اند. یک کمی نان و پنیر سبزی به آنها بدهید.

غروب شده بود که به منزل حاج ممدسین چایی چی رسیدیم. نوکرشان در را باز کرد و با صدای بلند گفت خانم لیلا خانم اند.

چند لحظه بعد خانم چایی چی با چادر نماز آمد دم در.

سلام لیلا خانم بفرمائید تو.

سلام خانم چایی چی. عجله دارم. مزاحم نمی‌شم. فقط خواسسم این دخترو بیارم پیشتون چون دیروز حاج آقا گفت دنبال کلفت می‌گردین. لطف کردید.

-اسمت چی یه؟ این بچه خودته ؟

-اسمم زهراس. بعله غلامتون پسر خودمه. اسمشم علیممده.

-پیشتر پیس کی کار می‌کردی؟

-خانومجون من اهل حسین آبادم. همین امروز اومدم شهر کار پیدا کنم.

-ضامنِ داری.

-خانوم جون من از ده فرار کردم چون میخواسسن به زور شوورم بدن. ضامنم آجانان که لابد الان دارن عقبم می‌گردن.

-خیله خب حالا یه هفته پیش ما باش تا اگه خواسسیم قرار بذاریم.

-دسستون درد نکنه خانوم جون. خدا بچه هاتونو بهتون ببخشه.

*

شب حاج آقا آمد و خانمش عصمت خانم داستان را برای او گفت. او هم گفت انشالله خیر است و رفت لب حوض وضو بگیرد. یک هفته به سرعت گذشت. جارو پارو و گردگیری و رخشوئی و اطو کشی میکردم. عصمت خانم خودش آشپزی می‌کرد ولی می‌گفت در فکر است که یک آشپز بیاورد. وقت ناهار و شام ظرف‌ها را من از آشپزخانه سر سفره می‌بردم و بعدش هم می‌بردم و می‌شستم. بعد از آن من و علیممد ته مانده غذا را می‌خوردیم. بد نبود. دوتا دختر داشتند و یک پسر. دختر بزرگشان منیر ۱۲ سال داشت. اسم دختر ۸ ساله شان معصومه بود. پسرشان عبدالعلی سنش در حدود من بود که بهش عبدل می‌گفتند.

یک هفته که تمام شد عصمت خانم مرا صدا زد و گفت. ما تصمیم داریم ترا نگهداریم. مسکن و شام و ناهار و رخت و لباس هایی که من و دخترها نمی‌پوشیم به اضافه ماهی پنجزار مواجب. گفتم قبول. دو سه ماهی که گذشت خانواده‌ام پرسان پرسان توسط بیمارستان شهرداری مرا پیدا کردند. مادرم آمد که برگرد ده. لازم نیست زن مش باقر بشی. گفتم ننه من دیگه شهری و مستقل شدم. بر نمی‌گردم ولی گاهی بهتون سر می‌زنم. ننه من الان ۱۲ تومن ذخیره دارم. هیچ خرجی هم ندارم. همین جور بهتره.

*

چیزی نگذشته بود که دیدم عبدل زیادی دورو ور من می‌چرخه. من به رو خودم نمی‌آووردم. یه روز گفت زهرا تو دلت برا شوورت تنگ نمیشه. گفتم خدا بیامرزش.

-نه تو آخه بایس احساس تنهائی کنی.

-علیممد هست. حاج آقا و خانم هم که هستند. دیگه چه تنهایی.

-ولی اینا نمی‌تونن کارای دلخوش کنی رو که اون برات می‌کرد بکنن.

-مثلا کدوم کارا؟

-خودتو لوس نکن می‌دونی کدوم کارا.

دیدم که از رو نمی‌رود. گفتم عبدل آقا خدا روزیتو جای دیگه حواله کنه. بذار من کارمو بکنم.

چند روز بعد مادرم آمد که ما دلمون برای علیممد تنگ شده اومدم چند روز ببرمش ده پیش خودمون , غصه نخور ازش خوب نگهداری می‌کنیم. اخه اونم بایس یه خورده الاغ سواری کنه. گفتم خیله خب ولی حواستون جمع باشه که این دیگه یه بچه شهری شده.

یه شب خوابیده بودم که دیدم یکی یواش میگه زهرا، زهرا جون. چشممو وا کردم دیدم عبدوله با لباس خواب. گفتم شما اینجا چیکار می‌کنین. گفت همون کاری که تو هم می‌خوای بکنی.

گفتم عبدل آقا برو پی کارت وگرنه داد و فریاد می‌کنم. گفت نه داد و فریاد نمی‌کنی. گفتم آقاجون من نمی‌خوام حامله بشم. گفت خدا عقبو پس برا چی بهت داده. گفتم عقب جلو نداره. من مسلمونم. زنا نمی‌کنم. گفت این که زنا نیس و پرید روم دهنمو گرفت و تنکمو کشید پائین. تا آمدم به خودم بجنبم کار از کار گذشته بود. زار زار گریه می‌کردم. گفتم خدا ذلیلیت کنه. گفت این که چیزی نبود و پا شد رفت. شب تا صبح خوابم نبرد. گریه‌کنان می‌گفتم خدایا تو رو خوش میاد که من چون دهاتی و رعیت و فقیرم این کارو با من بکنن؟

دو شب بعد نصف شب دوباره عبدل پیداش شد. گفتم برو پی کارت وگرنه این دفه حسابی داد و فریاد می‌کنم. گفت مگه خوشت نمیاد. گفتم حیا کن پسر. و وقتی دید الان است که داد بزنم روشو کم کرد و رفت.

پس فردا ننم بچه را آورد. بهش خوش گذشته بود چون خیلی بهش ور رفته و لیلی به لالاش گذاشتن بودن. گفتم ننه من دیگه اینجا نمی‌مونم میرم تهران. گفت ننه مگه خل شدی. جای به این خوبی. بعدشم اگه بری تهران دیگه ما کی تو رو می‌بینیم.. گفتم خدا بزرگه. پرس و جو کردم بلیت اتونوس بیست و

پنجزاره. میمونه یازده تومن و پنجزار که خرج سه چهار هفتمونو تو تهران می‌ده تا کار پیدا کنم.

*

تهران ما رو تو گاراژ کرمونشاه پیاده کردن. تو اتوبوس خوش نگذشته بود چون چاله چوله تو راه زیاد بود و هر دفعه ماشین تو چاله می‌افتاد علیممد می‌زد زیر گریه. پیاده که شدیم رفتم دفتر گاراژ گفتم آقا ما غریبیم کجا می‌تونیم اتاق خالی پیدا کنیم. گفت برا اجاره میخوای گفتم نه فقط یه هفته. گفت دراین صورت بایس بری به یه مسافرخونه تو خیابون ناصرخسرو. گفتم چقد می‌گیرن گفت شبی پنزار. یعنی مزد یه ماه من در همدون! چاره‌ای نداشتم. اتوبوس یه قرون بود. شاگرد شوفر گفت مسجد شاه پیاده شو. تو ناصر خسرو دو سه تا مسافر خونه رفتم که گفتند بچه نمی‌پذیریم. آخری قبول کرد برا شبی چارزار. دست علیممدو گرفتم رفتم مسجد شاه. هنوز چند قدم نرفته بودم که یکی درگوشم گفت باجی صیغه میشی؟ محل نذاشتم. فردا باز تو بازار دو تا گردن کلفت رامو بسسن که صیغه می‌خوایم. پول خوب میدیم. یه ساعت، یه روز، هر چی بخوای. گفتم قباحت داره ولی جلومو گرفتن. داد زدم دست از سر من بردارین. یهو یه مرد قد بلند و تر و تمیزی آمد جلو که خواهر چی شده، گفتم اینا می‌خوان به زور منو صیغه کنن. گفت مزاحم این خانم نشین. گفتن زکی تو می‌خوای بلندش کنی. گفت برین پی کارتون و گرنه الان اون پاسبانو صدا می‌زنم.

پرسید چیکار می‌کنی. گفتم ما غریبیم از همدون اومدیم کار پیدا کنیم. گفت خونه ت کجاس. گفتم مسافرخونه زوار همین جا تو ناصر خسرو. گفت پول داری گفتم ۱۱ تومن. اومدم بیرون یه خرده نون و پنیر بخرم.

-این بچه خودته؟

-بعله

-خیله خب. من باهات میام خریدتو بکنی بعدم بری مسافر خونت. عصری میایم شاید برات کار پیدا کرده باشم.

-خدا عوضتون بده. اسم شریفتون؟

گفت آقا مصطفی. باورتون نمیشه بهمن خان. شما هنوز به دنیا نیومده بودین. همون آقا مصطفای خودمون بود. (اشک تو چشماش جمع شد).

من آقا مصطفی را هیچوقت ندیدم ولی نامش در خانه ما مانده بود. در زمان ریخت و پاش پدر و مادرم که چند کارگر و پرستار بچه داشتند خوانسالار و رئیس کل خدمه بود. ظاهرا آنقدر آقا بود که وقتی برادر بزرگم بهروز را به سینما می‌برد همه فکر می‌کردند پدرش است.

زهرا سلطان گفت همان روز عصر آمد و گفت بغچه بندیلتو وردار بریم. مهری خانم دستی به سر علیممد کشیدن و گفتن چرا از دهتون رفتی. گفتم می‌خوا سسن به زور زن یه پیرمرد بشم. گفتن از همدون چرا اومدی تهران. گفتم خانوم جون نپرسین نمی‌تونم بگم پسرشون با من چیکار کرد. گفتن می‌خواسسی شیکایت کنی. گفتم خانوم جون کسی ما دهاتی‌ها رو داخل آدم حساب نمیکنه. رعیت با غلام و کنیز فرق نداره. مهری خانم گفتن تواین خونه همه داخل آدمن. چیکار می‌تونی بکنی. گفتم. گفتن آشپزی هم یواش یواش یاد می‌گیری. فعلا ماهی یه تومن با رخت و لباس کافیه. بعله خانوم جون البته.
*

آره بهمن خان. اینجوری بود که تو خونه شما پاگیر شدم. کارگرای دیگه خونتونم آدمای بدی نبودن و من باهاشون مشکلی پیدا نکردم. البته تو هر خونه‌ای بگو مگو هس ولی دعوا مرافه نداشتیم. ناهار و شامو با هم می‌خوردیم که مثل امروز همان غذائی بود که خود شماها می‌خوردین. آشپزی رو صاب سلطان می‌کرد با سرپرستی خانوم بزرگ. بعد از دو سه ماه منو کردن وردسس صاب سلطان که آشپزی یاد بگیرم. خانم بزرگم راهنمائی می‌کردن.

آقا مصطفی خیلی به علیممد محبت می‌کرد. می‌گفت این بچه یتیمه. یه روز گفت من بعد از ظهر علیممدو می‌برم بستنی فروشی اگه می‌خوای تو هم بیا. از خدام بود. اون زمونا ارزونی بود. آقا مصطفی سی شاهی داد برای سه تا بستنی. بعد یکهو گفت زهرا خانم من پیش از اومدن تو دنبال زن می‌گشتم. حالا ازتو خوشم اومده. اگه توام حاضری تو رو از آقا و خانم خواسگاری کنم. راسسش زبونم از خوشحالی بند اومده بود. یک کمی ته پته کردم و گفتم ایشالله مبارکه. خانوم و آقا گفتن چی بهتر ازین. روضه خوان محل ما رو عقد کرد بعدشم یه روز آقا ما رو بردن پیش آقای مدرسی محضردار که میشناسین که ازدواجمون قانونی بشه.

*

پنج شش ماه بعد پسر صاب سلطان از دهشون اومد که اونو ببره پیش خودش. یه ملک کوچک خرده مالکی نزدیکای شاهرود گیرش اومده بود و میخواس با هم باشن. صاب سلطانم با خوبی و خوشی خدافظی کرد و خانم یک النگو بهش داد. اینجوری شد که من جاشو گرفتم. با ماهی سه تومن.

بهمن خان نمی‌دونی که برا چن وخت زندگی چقد شیرین شده بود. ولی قسمت نبود که به اون خوبی بمونه. نزدیکای جنگ بود که حصبه اومد. هم تورج خان پسر نازنین دو ساله گرفت هم آقا مصطفی. وهر دوشونو برد. آخه اونوقت که پنسیلین نبود. تموم خونه عزادار شد. آقا و خانوم از یه طرف و منو و کارگرا از طرف دیگه. داشتیم دق می‌کردیم. ولی خب کار خدا بود دیگه. از همه بدتر بی‌قراری علیممد بود هم برا آقا مصطفی هم برا تورج خان. بلا نسبت دو سال بعدش شما به دنیا اومدین و جای تورج خانو پر کردین. قمرسلطانم پرستارتون شد.

وختی شما رفتین مدرسه علیممد شیش کلاسشو تموم کرده بود و گفت من دیگه می‌خوام کار کنم. آقام گذاشتنش در حجره حاج میزعلی آقا بزاز معروف.

چند سال بعدش رانندگی یاد گرفت و رفت همدون شوفر تاکسی شد. زهرا سلطان اشکاشو پاک کرد و گفت من که کم می‌بینمش ولی خدا حفظش کنه و زن و بچشو بهش ببخشه.

*

سال ۴۸ بود که تابستان برای تعطیلات از لوزان رفتم تهران. یک روسری حریر برای زهرا سلطان سوقاتی برده بودم. خیلی ذوق کرد ولی گفت بهمن خان دلم براتون خیلی تنگ شده بود. دو سال پیش که برگشتین فرنگ از من خدافظی نکردین. گفتم حواسم پرت بود ببخشین.

خیلی از موهاش سفید شده بود با اینکه گمان می‌کنم پنجاه و پنج سال بیشتر نداشت. گفتم مادر جان موهات سفید شده. گفت ننه من پیر روزگارم. راسسی بهمن خان فرنگ خوش میگذره. گفتم راسش به هر کجا که روی آسمان همان رنگ است ولی از قرمه سبزی و بادمجون تو خبری نیست. گفت نه بهمن خان میگن اونجا خیلی خوبه. یه عروسک فرنگی مث پسرعموتون همایون خان بگیرین بیارین تهرون. سرخ و سفید و ترگل ورگل. خندیدم و گفتم خدا قسمت کنه. گفت حالا ویز شما کی تموم میشه. گفتم تزمو تازه شروع کردم. دستکم دو سه سالی کار داره.

برکه می‌گشتم به لوزان این بار با او خداحافظی کردم. یک دستمال آب نبات قیچی بهم داد و گفت کامتونو شیرین کنین شاید دیگه منو نبینین. گفتم وای خدا نکنه و صورتش را بوسیدم.

هفت هشت ماه نگذشته بود که مادرم نوشت زهرا سلطان حالش هیچ خوب نیست. بعد معلوم شد که سرطان مغز است. عمل جراحی هم افاقه نکرده بود. گفته بود مهری خانوم غصه نخورین میرم پیش امام حسین و حضرت زینب ولی حیف که بهمن خانو دیگه نمی‌بینم..

دوازده هزار تومن حقوق پس انداز پیش مادرم داشت. وصیت کرده بود که دستبند ضخیم تمام طلایی را که یادگار آقا مصطفی بود و همیشه دست می‌کرد بفروشند و به نام خود آقا مصطفی خیرات و مبرات کنند. چهار هزار تومن هم به آسیه رخت شور که شوهرش مرده بود و دو سه تا بچه قد و نیمقد داشت بدهند. پسرش را برای شرکت در کفن و دفن خبر کنند و هشت هزار تومن باقیمانده را به او بدهند.

وقتی به تهران برگشتم به زیارت قبرش رفتم و به گریه افتادم. بعد ترتیب دادم یک سنگ بزرگ‌تر برای قبرش بسازند که روی آن نوشته بود:

وه که هرگه که سبزه در بستان

بدمیدی چه خوش شدی دل من

بگذرای دوست تا به وقت بهار

سبزه بینی دمیده بر گل من*

مارمولک لندن

یک روز که محمود برای تمدید گذرنامه‌اش به سفارت رفته بود وقتی کارش تمام شد واز پله‌ها پائین می‌آمد به آخوندی برخورد که داشت بالا می‌آمد. شیخ بلافاصله درچشمانش خیره شد و گفت آقا سلام علیکم. محمود جا خورد چون تا آن وقت کسی با لباس آخوندی در لندن دیده نشده بود. از این گذشته، این آدم که دست کم بیست سال از خودش مسن‌تر به نظر می‌آمد با عبا و عمامه به یک فکل کراواتی شیک و پیک جوان که اصلا او را نمی‌شناخت مودبانه مقدم بر سلام شده بود. محمود جواب سلام او را با لحنی دوستانه داد و به سرعت از کنارش رد شد.

وقت ناهار بود و محمود یکراست رفت به کافه نزدیک سفارت که پاتوق بود. سیاوش و فرهاد آمده بودند. بعدش هم محسن رسید. سلام و علیک و از این در و آن در. محمود گفت بچه‌ها راستی امروز تو سفارت یه آخوند دیدم با عبا و

عمامه. محسن گفت راست میگی. تا به حال کسی با عبا و عمامه تو لندن دیده نشده بود. تک و توک آخوندی هم که می‌آمدن عبا و عمامه رو ور می‌داشتن. حتی سید محمد مشکاتم که آخوند محترم و جا سنگینیه لباس نمی‌پوشه.

سیاوش – چرا، یه بار اونو تو هاید پارک با لباده سفید دیدم ولی بی عبا و عمامه.

محمود – اتفاقا من خوشم اومد که شیخی که تو سفارت دیدم تو لباس بود. اعتماد به نفسش و احترام به شغلش رو می‌رسونه. ابتدا به ساکن به من سلام کرد که حتی بیشتر خوشم اومد. به من جوون کراواتی.

فرهاد– بابا این پر روییشو می‌رسونه. گول اینجور آدما رو نخور.

محمود– بیچاره آدم دست پایینی به نظرم اومد. نه یکی مث مشکات که کنسول هم به او سلام می‌کنه.

محسن– بگذریم. درباره نطق غنی زاده تو انجمن چی فکر می‌کنین.

فرهاد– خنده دار بود. ولی مریدش فریبرز شهشهانی به قول تو نطق کرد نه غنی زاده. یعنی اون اراجیفو از رو کاغذ خوند.

محمود– به مگر نمی‌دونی نویسنده همیشه غنی زاده س که انشاشو میده دسس یکی از مریداش که بخونه.

فرهاد – تو از کجا می‌دونی؟

محمود – خیلی ساده. دفعه دیگه وقتی یکی از اینا نطق می‌کنه غنی زاده رو بپا. سرشو پایین میندازه و پا به پای مرید زیر لب نطقو می‌خونه.

فرهاد – جدی؟ دفعه دیگه مواظبش می‌شم. بی خود نیس که هر کدوم از این دار و دسته نطق می‌کنه یه انشاء غلط دار کلاس سوم متوسطه تحویل میده.

محسن – خود مرشد که هیچوقت تخم نمی‌کنه ولی هیچ انگلیسی حرف زدنشو شنیدی. آدم گریه‌ش می‌گیره. این دکترا رو همینطور زبان بسته تو بیمارستان‌های این مملکت می‌پذیرن که فقط حد اقل حرف‌های فنی‌شونو میتونن به انگلیسی بزنن. اونم با چه لهجه‌ای.

محمود– گورباای غنی زاده. سیاوش بگو این اسکاندل چی بود که را انداختی.

– هیچ چی. شب جشن من خسته و مرده نجلا را بردم خونه ولی در حال دنده عقب خوابم برد که نجلا بلند گفت پا شو پاشو. اینو بهرام شریعت که خودش را به خواب زده بود شنید و فردا برامون دس گرفت. نبایس این کارو می‌کرد.

محمود — تقصیر خودته. چندبار بهت گفتم با زندگی شلوغی که تو داری اتاق شریکی کرایه نکن. اونم با یک کسی مثل بهرام.

در وا شد و نجلا با یک دختر مسن‌تر آمدند تو رستوران. محسن آهسته گفت زکی، حلال زادس. اون یکی دختره کیه. محمود گفت فی فی کسرا. تازه اومده لندن. شاعره؛ مطلقس؛ اخلاقشم خیلی خوبه.

پسرا بلند شدند. سلام و تعارف.

سیاوش – ناهار خوردین.

نجلا – آره اومدیم تو روببریم.

کجا؟

پارک دیگه. مگه قرار نبود؟

هان یادم رفت. حالا یه چائی بخورین.

محمود گفت ببخشین من باید برم.

فرهاد - کجا؟

خونه ناتاشا. قول دادم با پسرش ریاضی کار کنم.

-سلام ناتاشا جان

-علیک اسسلام (ناتاشا، با لهجه غلیظ روسی). بیا تو محمود جون.

-ساشا هست؟

-بعله که هست. ناهار خوردی؟

-آره با چند تا از بچه‌ها تو موکا.

-مگه رفته بودی سفارت؟

آره برای تمدید پاسپورتم. ولی موکا پاتوق ماست.

-فکر کردم زیا ترزا پاتوقتونه.

-نه اون شباس. اونم گاهی نه هر شب. گرونه.

-خب اول یه چائی بخور.

-نه دیگه وقت زیادی ندارم. بذار یه نیم ساعتی با ساشا کار کنم.

ساشا آمد تو اتاق سلام کرد.

-سلام ساشا جان چطوری.

-خوبم. بد نیستم. امروز تو انتگرال گرفتن گیرکردم. میتونین کمکم کنین؟

-آره. چرا نه. بیا بریم اتاقت.

بیست دقیقه بعد محمود برگشت به اتاق نشیمن.

-کارساشا درست شد. خیلی آسون بود.

-آسون برا تو.

-خب دیگه.

-حالا کجا میری؟

-میرم بی‌بی‌سی یه سری بزنم. راسسی هوشنگ کی قراره بیاد؟

-درست معلوم نیس. سرش تو تهران خیلی شلوغه. پریروزکه تلفن زد گفت شاید تا آخر ماه.

-خب تا اون موقع همدیگرومی بینیم.

-حتما. این شنبه دارم یه پارتی می‌دم. حتما باید بیای.

-با کله. راسسی امروز تو سفارت یه آخوند عمامه‌ای دیدم. پائین دست ولی خیلی با ادب. به من سلام کرد.

-اینجا چیکار می‌کنه؟

-چه میدونم. حرفی که با هم نزدیم.

-حالا ببینیم چی از توش در میاد.

-آره. **فعلا قربون تو**. خدافظ ساشا جان.

ان شب رستوران زیاترزا نسبتا خلوت بود. تولد فرهاد بود و بچه‌ها دنگی برای شام جمع شده بودند ولی پول سوپ همه با فرهاد بود. سیاوش و منیژه

دیررسیدند. محمود آهسته به فرهاد گفت این شیکار تازه سیاوشه. فرهاد گفت تعجب نمی‌کنم. سیاوش ومنیژه که نشستند سیاوش گفت بچه‌ها خبر دسس اول دارم. آخونده اسمش سید خراسونیه و مدعی شده که نماینده مذهبی در لندنه. ولی هیچ کی نمی‌دونه از طرف کی. دیروز رفته بودم سفارت برای تایید گواهینامم. سید اونجا بود. داشت به امامی می‌گفت وقتی حضرت علی علیه السلام شهید شدن روشونه‌هاشون داغ طناب دیدن. تحقیق کردن معلوم شد حضرت هر روز هنبونه [انبان] خرمای یه پیرزن یهودی رو براش حمل می‌کرده - آخ که من فدای جمالت بشم یا امیرالمومنین. امامی‌ام که معلوم بود حوصلش سر رفته گفت بعله، بعله خب امیرالمومنین بوده دیگه.

محسن- پس معلوم میشه شارلاتانه. آخه امام امت و خلیفه اسلام هر روز کیسه خرما می‌کشیده و تازه کسی هم نمی‌دونسسه.

سیاوش - شارلاتان درجه یک

محمود گفت به این که چیزی نیس. پریروزا رفته بودم بی‌بی‌سی حمید عنایتو ببینم دیدم این سید اومده وعظ مذهبی بکنه. حسن اردوبادی ابله جور کرده بود. من رفتم تو گالری استودیو نشستم ببینم چی میگه. نشسته بود تمرین می‌کرد: " این ایده وعقیده را جان کندی هم تایید کرده است." تا رسید به " کانون‌های فکری". گفت کانون‌ها، کانون ها، زیاد دلچسب نیست. اردوبادی هرزه گفت بگو کوانین. سید هرزه‌تر گفت اگه به تو باشه که میگی بگو کون. حالم به هم خورد اومدم بیرون به حمید گفتم آخه اینم آدم بود شما اووردین وعظ کنه. گفت کار اردوبادیه. این همین چند ماه پیش یه پا چارق یه با گیوه [یک پا چارق یک پا گیوه] اومده بود لندن. حالا شنیدم خودشو آیت الله خراسونی معرفی می‌کنه. یه مشت احمقم دورش جمع شدن. گفتم حمید به روسای اینگیلیسیتون بگو اصلا وعظ مذهبی از بی‌بی‌سی صورت خوشی نداره. خودت می‌دونی که عوام درباره

رابطه تنگاتنگ آخوندها با انگلیسها چه داستانهائی می‌گن. گفت راس میگی باید یه فکری کرد.

سید خراسونی ظرف دو سه سال دم و دستگاهی بهم زد. همه کار می‌کرد. با عبدالله کچل سرآشپز سابق که خود آن هم جلت درجه یکی بود وحالا رستوران داری می‌کرد جور شده بود. نه فقط به هم نان قرض می‌دادند بلکه کاسبی هم می‌کردند. وقتی پروازهای ایران ارمی رسیدند آدم می‌فرستادند فرودگاه که مسافرین عوام و بی سواد پول نفت را که تازه پیدایشان شده بود و به آنها زوار می‌گفتند به دام بیندازند و بدوشند. پا اندازی هم می‌کردند. معلوم نبود با چه پولی دو تا خانه کوچک خریده بودند و اتاق اتاق به جوان‌ها کرایه می‌دادند. یک بار محسن آیت الله کذایی را در یکی از کوچه‌های خلوت محله اعیان نشین چلسی دیده بود که با کت و شلوار و کلاه بره یک دختر جوان انگلیسی را به نرده آهنی یک خانه چسبانده بود و می‌بوسید. یک بار هم فرهاد از یک دوست انگلیسی‌اش شنیده بود که وقتی آقا سید برای گرفتن کرایه هفتگی به یکی از خانه‌ها رفته بود دختر اجاره نشین که در اتاقش را باز کرده بود سید اول پستانش را چسبیده بود که "آ ی لاو یو"!

یک روز که بچه‌ها تو موکا ناهار می‌خوردند محسن گفت بچه‌ها آخرین اخبار و راجع به سید شارلاتان شنیدین. یه زن تازه گرفته. یه دختر هجده ساله.

محمود – نکنه بهجت خواهر اصغر مسچی باشه که تو خونش مستاجره.

محسن – خود خودشانه.

محمود – راس میگی؟

فرهاد – اصغر مسچی چی میگه؟

محسن - چه میدونم اون که خودش یه ژیگولوی هرزس. باباشون حاج ممدحسین مسفروش تو تهرون پولها رو یه شی پن شی [یک شاهی پنج شاهی] می‌کنه میفرسسه واسه اصغر که تو لندن دختر بازی و کلوب گردی کنه.

محمود - ولی حاجی‌ها اقلا برا دخترشون ناموس پرستن.

محسن - بعله. به همین دلیلم حاجی دخترشو گذاشته بود خونه سید که ناموسشو حفظ بکنه.

فرهاد - چه خوبم حفظ کرد!

محسن - داستان اینه که آقا سید سخت گلوش پیش دختره گیر می‌کنه و پا پی‌اش میشه. ولی دختره هیچ جور راه نمیده. دست آخر سید ازشدت شیفتگی دختررو از حاج ممدحسین خواستگاری می‌کنه به قیمت یک میلیون تومن! یه میلیون تومن نقد به حاجی میده و دختررو می‌بره، ینی در واقع می‌خره.

محمود - پناه بر خدا. آخه تو این مملکت بیشتر از یه زن داشتن غیر قانونیه.

محسن - بعله مگه خیال می‌کنی اینجا رفته محضر. خودش اینجا صیغه عقدو جاری کرده - انکحت زووجت - به میراسکندری محضر دارهم وکالت داده که تو تهران ثبت بکنه. وسسلام.

فرهاد - به حق چیزای نشنیده.

——————

هوشنگ از تهران آمده بود و محمود را برای شام دعوت کرده بودند. خود هوشنگ در آپارتمان بزرگشان را در محله همستد باز کرد و روبوسی کردند. ناتشا پیدایش شد: محمود جون سلام، چطوری؟

محمود – بد نیستم چند روز پیش پام پیچ خورد خوردم زمین حالا یک کمی ساق پای راسمو درد میکنه ولی چیزی نیست.

هوشنگ – حالا بیا تو اتاق نشیمن یه درینک بخور حالت جا میاد. و زد زیر خنده.

محمود – بچهها کجان؟

ناتاشا – با دوستاشون رفتن سینما ولی بعد میان. شام برات برش درست کردم با بیف استروگونوف.

محمود – به به دست درد نکنه. هوشنگ جان تهران چه خبر.

هوشنگ –کار و گرفتاری. چه خبر؟ همه خبرا پیش شماس.

محمود –ای بابا، اینجا خبری نیس.

هوشنگ – به پس خبر نداری؟ نصف تهران خبردارن.

محمود – از چی؟

هوشنگ – آیت اللاتون کجاس؟

محمود – اگه منظورت اون بی ناموسه که چه میدونم.

هوشنگ – پس بذا برات بگم. رفته آمریکا. یعنی مجبور شده. داستان اینه که با یه پسر ده ساله اینگیلیسی لواط کرده بوده. خدا میدونه چندمی بوده. ولی این دفه بچه هه مریض میشه. پدر و مادرش راسشو ازش میکشن بیرون. کار به پلیس میکشه. پلیسم با همکاری پدر و مادر و بچه براش تله میذاره و سر بزنگاه مچشو میگیره. جای انکار نمیمونه. پلیس با توجه به اینکه مردک مدعیه که آیت اللاس با وزارت کشور مشورت میکنه. اونام از ترس اینکه فریاد واسلاما بلند شه بهش میگن یا بیست هزار پوند به بچه خسارت میدی و از این مملکت میری

یا دادگاهی میشی و ده سال میری حبس. اونم پولو میده و فلنگو می‌بنده. حالا تو برو سر کلاس بگو" آهوی کوهی در دشت چگونه دودا".

محمود مات ومبهوت مانده بود که ساشا ولارا رسیدند.

چند ماه بعد خبر سید از آمریکا آمد که یکراست رفته شمال کالیفرنیا یک "رنچ" خریده و به عنوان یک مرشد اخلاقی دویست سیصد تا مرید خر جمع کرده است!*

---

* دسامبر ۲۰۲۲

سی تیر ۳۱

"مصدق رهبر ماس / قوام هم نوکر ماس"

حاج حسین آقا مس فروش در حجره‌اش بود در خیابان بوزرجمهری کمی از مسجد شاه پایین‌تر - تقریبا روبروی خیابان پامنار - که از دور سر و صدا شنید و رفت بیرون که ببیند چه خبر است. یک دسته از طرف سبزه میدان به طرف مسجد شاه در حال حرکت و شعار دادن بودند. جلو ترکه رفت دید که داد می‌زنند "ببندین ببندین بازارو ببندین / ببندین ببندین آقا گفته ببندین". دوید جلو و به یکی از آنها گفت کدام آقا. گفت آقای کاشانی؛ علیه دولت قوام سگ ننه. حاجی به سرعت برگشت و به غلام و جواد گفت یالله زود باشین دیگ و دیگ برو بیارین پائین. و تا آنها این کار را بکنند خودش دخل را قفل کرد و گفت فردا هم نیاین تا من خبرتون کنم و کرکره را پائین کشید و قفل کرد و رفت.

*

۲۹ تیر ۱۳۳۱ بود. چند روز پیش از آن دکتر مصدق در یک پیام بسیار کوتاهی که در چند جمله از رادیو خوانده شد از نخست وزیری استعفاء کرده و دلیلش را هم نگفته بود ولی شایعات حاکی از این بود که با شاه اختلاف پیدا کرده است. شاه هم قوام السلطنه را به جای او به مجلس پیشنهاد کرده و مجلس هم به شیوه مورد بحث و اختلافی قوام را تأیید کرده بود. قوام هم یک سخنرانی غلاظ و شداد که از سیاستمدار پخته‌ای مثل او خیلی بعید بود کرده و تهدید کرده بود که با اغتشاشگران چنین و چنان می‌کنم و ضمنا گوشه سختی هم به آیت الله کاشانی زده و از "سالوس و ریا"ی مذهبی اظهار بیزاری کرده بود.

کاشانی هم علیه او اعلامیه تندی صادر کرده و خود را از خجالتش در آورده بود. او و حزب زحمتکشان و یکی دو حزب دیگر منهای حزب توده روز سی‌ام تیر را روز اعتصاب و اعتراض اعلام کرده بودند ولی هیاهو از بیست و نهم شروع شده بود. اعضاء فراکسیون هوادار مصدق مجلس هم در مجلس بست نشسته بودند. ولی مصدق ساکت و از انظار پنهان بود.

*

درست در همان زمان که انتخابات مجلس هفدهم که با احراز اکثریت هشتاد نفری تشکیل شده بود قرار بود که دادگاه بین المللی لاهه برای رسیدگی به دعوای ایران و انگلیس تشکیل جلسه دهد. انگلیس می‌گفت که دولت ایران قرارداد ۱۹۳۳ نفت را برخلاف قوانین بین‌المللی ملغی کرده. پاسخ ایران این بود که دادگاه لاهه اصلا صلاحیت رسیدگی به ادعای انگلیس را ندارد چون دولت ایران آن قرارداد را با شرکت نفت ایران و انگلیس بسته بوده و نه دولت انگلیس.

مصدق با اطمینان به اینکه دادگاه به سود انگلیس رای خواهد داد ناگزیر برای دفاع از موضع ایران به لاهه رفت و تصمیم داشت که در صورت رای منفی لاهه

از همانجا استعفای خود را از نخست وزیری به مجلس بفرستد و دیگر هرگز به ایران باز نگردد. ولی تصمیم دادگاه چند روز دیگر طول می‌کشید پس ناگزیر به ایران بازگشت که طبق قانون به مجلس هفدهم که تازه تشکیل شده بود استعفاء دهد تا مجلس جدید هرکه را می‌خواهد به نخست وزیری برگزیند. مجلس هم استعفاء او را پذیرفت و تقریباً بلا فاصله به او برای تشکیل دولت جدید رای تمایل داد.

با توجه به اینکه مصدق اطمینان داشت که رای دیوان لاهه منفی خواهد بود مایل نبود که دوباره نخست وزیر شود ولی مشاوران نزدیکش که از گمان و تصمیم او بی خبر بودند به او فشار آوردند و ملت هم پشتیبان او بود. در نتیجه به حکم هرچه بادا باد پیشنهاد نخست وزیری را موقتا قبول کرد تا در صورت رای منفی لاهه استعفاء دهد.

با این سابقه مصدق به دیدار شاه رفت تا درباره کابینه جدید با او مشورت کند. مشکلی پیش نیامد تا اینکه مصدق گفت "سرپرستی وزارت جنگ را هم فدوی به عهده می‌گیرم". شاه بلا فاصله گفت پس اجازه دهید من چمدانم را ببندم و از این مملکت بروم. رویه پیشین این بود که شاه وزیر جنگ را پیشنهاد کند ولی این رویه خلاف قانون بود. مصدق طبق باور قانونی "شاه باید سلطنت کند نه حکومت" می‌گفت که اختیار ارتش نباید در دست شاه باشد و دلیل این هم که او خودش را برای سرپرستی وزارت جنگ پیشنهاد کرده بود این بود که به شاه اطمینان دهد که هیچ ژنرالی را که مورد اعتماد شاه نباشد وزیر جنگ نخواهد کرد.

ولی وقتی که شاه آن واکنش را نشان داد با توجه به اینکه مصدق به خاطر لاهه درآستانه استعفاء بود گفت چگونه است که شما برای نخست وزیری به من اعتماد می‌کنید ولی برای وزارت جنگ اعتماد نمی‌کنید. پس معلوم می‌شود شما

در واقع به من اعتماد ندارید و به این دلیل استعفاء خود را تقدیم می‌کنم. و فوراً برخاست و به سوی در حرکت کرد. شاه که نگران شد مصدق می‌رود که یک نطق آتشین علیه او بکند و استعفاء دهد دوید و جلو در ایستاد و دستهایش را باز کرد که مانع از خروج مصدق شود. مصدق یا به دلایل واقعی یا دیپلوماتیک از حال رفت و وقتی به حال آمد خود را روی کاناپه در برابر شاه نشسته دید. آنگاه به شاه گفت که تا ساعت ۸ بعد از ظهر صبر خواهد کرد و اگر تا آن وقت شاه نظرش را تغییر ندهد کتباً استعفاء خواهد داد.

همین طور هم شد یعنی تا ۸ بعدازظهر تلفنی از دربار به او نشد و او هم در دو سه جمله استعفاء خود را برای انتشار به رادیو فرستاد. نکته مهم اینکه شاه از او اطمینان گرفته بود که در صورت استعفاء موجب یا پشتیبان اغتشاش نشود.

*

اگرچه اعتصاب جسته گریخته از روز ۲۹ تیر شروع شده بود اما فردای آن روز، سی‌ام تیر، بود که بازار بکلی بست، مملکت تعطیل شد و سیل تظاهر کنندگان در تهران و شهرستان‌ها به حرکت درآمد. اعلام اعتصاب را کاشانی کرده بود و فراکسیون نهضت ملی هم که به پشتیبانی از مصدق در مجلس بست نشسته بود آن را تایید کرده بود.

شاید در هرحال اعتراضاتی صورت می‌گرفت ولی آن سخنرانی قوام که بعداً گفتند نوشته مورخ الدوله سپهر بود دلیل اصلی واکنش شدید مردم بود. کاشانی که خود را در معرض تهدید دیده و در آن زمان هنوز از وجاهت ملی زیادی برخوردار بود کمر قتل قوام را بسته بود و کوشش چند سیاستمدار مانند علی امینی و حسین علا هم که سعی کردند او را آرام کنند و به او اطمینان بدهند نتیجه‌ای نداد.

بقائی هم اگرچه همان زمان هم پنهانی از مصدق ناراضی بود هنوز خیلی محبوب بود و صلاح خود را در آن دید که فعالانه موضع کاشانی را تایید کند. در این میان جای قهرمان داستان خالی بود یعنی از مصدق نشانی یا پیامی نرسید.

قوام در بستر بیماری در حالی که اکبر خان خوانسالارش، حسن ارسنجانی مریدش و دکتر امینی شوهر برادر زاده‌اش بتول وثوق دور و برش را گرفته بودند مدام مراجعان را می‌دیدید و به اطلاعات و مشورت‌های ضد و نقیض آنها گوش می‌داد.

٭

جمعیت که تقریبا همگی مرد بودند از چهارراه گلوبندک بالا رفت، وارد خیابان در اندرون شد و در انتهای آن پیچید در خیابان ناصر خسرو به سمت میدان توپخانه. بیشترشان دست خالی بودند و تعداد کمی چوب و قلوه سنگ در دست داشتند. چند پرچم ایران هم در میان جمعیت افراشته بود. دسته جلو شعار می‌دادند "از جان خود گذشتیم، با خون خود نوشتیم، یا مرگ یا مصدق". دسته‌ای که از میدان ارگ به در اندرون پیوست شعار می‌دادند "مصدق رهبر ماس / قوام هم نوکر ماس". وقتی کل جمعیت به میدان توپخانه رسید دسته‌ای که از خیابان سپه سرازیر شده بود در حالی که شعار می‌داد "وینستون چرچیل الاغه / قوام سگ سیاهه" به آن پیوست.

پاسبان‌ها دور و بر میدان را گرفته بودند ولی هنوز دستور حمله نداشتند. ولی وقتی در منزل قوام که با توپخانه در حدود نیم ساعت پیاده فاصله داشت سید مهدی میراشرافی نماینده ضد مصدقی مجلس سرلشکر علوی مقدم رئیس شهربانی را با هفت تیر تهدید کرد که اقدامی کند علوی مقدم گفت برو به توپخانه و به سرهنگ قربانی بگو به پاسبان‌ها دستور زدن بدهد.

پاسبان‌ها با باطوم و قنداق تفنگ حمله کردند.

عده‌ای به این طرف و آن طرف دویدند و بعضی‌ها هم با پلیس دست به گریبان شدند. جمعیت که تا آن زمان نسبتا آرام حرکت می‌کرد به حال اغتشاش درآمد. شعارها تبدیل شد به "یا مرگ یا آزادی" و "این مملکت پلیسیه / مرکز کاسه لیسیه".

ناگهان گروهی چوب به دست به پاسبان‌ها حمله کردند. قلوه سنگ پرانی هم شروع شد و پاسبان‌ها ناگزیر عقب نشستند. در این حیص و بیص یک گردن کلفت ریشو به سرکردگی جمعی که چوب و قمه به دست داشتند جلو آمد. یکی گفت شعبون بیمخه الان همشونو لت و پار می‌کنه. شعبون و پیروانش شعار می‌دادند "دیزی بازاری شوره / چشم مستبد کوره ". اینها دسته مسلمانان مجاهد شمس قنات آبادی و تحت فرمان کاشانی بودند. وقتی دیدند که یک دسته داد می‌زنند "یا مرگ یا مصدق" فورا شعار دادند " زنده و جاوید باد کاشانی مبارز / یه قهرمان مثل او کسی ندیده هرگز".

در اینجا سرهنگ قربانی دوباره فرمان حمله داد ولی این بار مردم بیشتر مجهز بودند و ضمن جنگ و گریز در خیابان و کوچه پس کوچه‌ها به پلیس حمله کردند و خون از سر و دست مردم و پاسبان‌ها جاری شد.

در این احوال صفوف جلو تظاهر کنندگان از خیابان اکباتان و شاه آباد در میدان بهارستان، جلو مجلس به هم رسیده بودند.

یک چهارپایه بلند کنار استخر میدان گذاشته بودند و از بالای آن نوبت به نوبت افرادی شعار می‌دادند یا سخنان کوتاهی می‌گفتند. بعد یک نفر رفت بالای چهار پایه و گفت من محمد آسیم: موجیم که آسودگی ما عدم ماست / ما زنده به آنیم که آرام نگیریم. اکنون آقای هاله شاعر ملی شعر خود را می‌خوانند. آسیم از چهار پایه پیاده شد و هاله بالا رفت. گفت ملت غیور ایران ما علیه استعمار شوم انگلیس و نوکران آن برخاسته ایم و تا جان داریم از نهضت استقلال و آزادی

ملی خود دفاع می‌کنیم. از دور دور برسر سالار کاروان / پیدا بود درفش دل آرای زندگی. آه این درفش ماست درفش سه رنگ ماست / این است سایه گستر رویای زندگی. سالار کاروان / که به دستش درفش ماست / سرباز صادق است / دکتر مصدق است. قوام السلطنه‌ها و ارباب‌هاشان بدانند که این ملت دیگر هرگز یوغ استعمار را به گردن نخواهد گرفت و شاه هم اگر بخواهد زور بگوید... در اینجا یک سروان شهربانی که پشت چهارپایه ایستاده بود به شدت هلش داد به جلو به نحوی که از آن بالا افتاد و بزحمت تعادل خود را حفظ کرد. سروان داد زد توهین به اعلیحضرت خیانت است. جمعی فریاد زدند مرگ بر حکومت پلیسی. و زد و خورد با پلیس از سر گرفته شد.

*

قوام همانطور در بستر بیماری افتاده بود و ارسنجانی مرتبا اخبار اوضاع را به او می‌داد. دکتر عیسی رفیع دوباره نبضش را گرفت وبا گوشی سینه‌اش را معاینه کرد و گفت حضرت اشرف قلب شما تاب و توان این فشارها را ندارد. جسارتا توصیه می‌کنم که از خیر این مقام بگذرید. قوام ناله‌ای کرد و سرش را به طرف چپ بالش گرداند و گفت آقای دکتر مجلس به من رای اعتماد داده من وظیفه خودم می‌دانم که به میهنم خدمت کنم. تعجب می‌کنم از اینکه مصدق السلطنه علیه من لشکرکشی کرده. من او را جور دیگری می‌شناختم.

ارسنجانی گفت قربان دکتر مصدق لام تا کام یک کلمه نگفته و اصلا معلوم نیست کجاست. مردم او را می‌خواهند و کاشانی هم آن‌ها را بسیج کرده. قوام گفت من به این سید چه هیزم تری فروخته‌ام. ارسنجانی گفت قربان جسارت می‌شود ولی به نظر بنده آن قسمت نطقتان درباره سالوس و ریای مذهبی محرک اصلی او بود. قوام گفت من که علی و حسین علا را فرستادم که از دلش در بیاورند. ارسنجانی گفت قربان آن وقت دیگر تیر از کمان جسته بود و نمی‌شد

مردم را به خانه‌هاشان برگرداند. قوام گفت خب حال چه باید بکنیم. ارسنجانی گفت علا می‌گوید شاه معتقد است که ارتش را باید فرستاد که غائله را بخواباند ولی علا خودش مخالف است. قوام گفت ارتش؟ ارتش را نباید با مردم طرف کرد. بعد رویش را به امینی کرد و گفت علی تو چه فکر می‌کنی. امینی گفت قربان نظر شما صائب است.

*

کار در خیابان‌ها بالا گرفته بود و مخصوصا در بهارستان و اکباتان و اول لاله زار زد و خورد مردم با پلیس شدت یافته بود. بعضی از نمایندگانی هم که در مجلس بست نشسته بودند از پشت میله‌ها مردم را تشویق می‌کردند. سرهنگ قربانی خودش را به ساختمان شهربانی در میدان مشق رساند و به علوی مقدم که حالا از پشت میزش دائم تلفن می‌زد و به تلفن جواب می‌داد گفت تیمسار پلیس به قدر کافی نداریم و چیزی نمانده که جنگ مغلوبه شود. باید ارتش را داخل عمل کرد. علوی مقدم گفت من برای این کار صلاحیت ندارم ولی پیامت را می‌رسانم.

*

آسیم دوباره بالای چهار پایه رفت و فریاد زد: "پلیس آدم کشا / پشته شد از کشته‌ها!". مردم هم با صدای بلند این شعار را تکرار کردند. این شعار واقعیت نداشت. به پلیس دستور تیر نداده بودند و تا آن لحظه فقط سر و دست شکسته بود ولی چون خونریزی شده بود مردم باورشان می‌شد. ولی ناگهان صدای زنجیرهای تانک بر کف اسفالت خیابان از طرف دروازه شمران شنیده شد. و به دنبال آن صدای تیر مسلسل. مشکل اصلی این بود که اگر هم کسی می‌خواست فرار کند جمعیت و پلیس عملا راه فرار را بسته بودند.

از سه راه ژاله دو تانک پشت سرهم پیدایشان شد که برجکشان می‌چرخید و به هر سو تیراندازی می‌کرد. مردم به طرف خیابان ری در جهت مدرسه سپهسالار حرکت کردند ولی ناگهان خود را با سه زره پوش روبرو دیدند که سربازها از داخل آن‌ها تیر می‌زدند. تا این لحظه سه تن بجا کشته شده و چندین نفر زخمی شده بودند. جمعیت ناگزیر با فشار به طرف اکباتان و شاه آباد عقب نشست ولی تانک‌ها و زره پوش‌ها و یک نفربر نظامی دنبالشان می‌کردند و تیر می‌انداختند.

از آمبولانس خبری نبود. یک نفر که ظاهرا پای راستش تیر خورده و یک انگشت پایش از کفشش بیرون زده بود شل زنان داد می‌زد "یه ماشین، یه ماشین". دو نفر دست و پایش را گرفتند و به دیوار کنار خیابان تکیه دادند. یکیشان یک دستمال از جیبش در آورد و دور انگشت پای مرد زخمی پیچید ولی مرد از درد ناله می‌کرد.

در همین احوال یک تیر به کتف امیر بیجار عضو حزب زحمتکشان خورد و افتاد و کشان کشان خودش را از سر سد هاشم به داخل کوچه رساند. اگر او را به بیمارستان می‌رساندند بی شک زنده می‌ماند ولی بعد از برقراری آرامش جسد بی جانش را یافتند که بر اثر خونریزی زیاد مرده بود. و کنارش روی دیوار با خون نوشته بود "این خون زحمتکشان ایران است. مرده باد قوام ها. زنده باد مصدق. امیر بیجار".

کشته و زخمی زیاد شده بود که ناگهان از سر اکباتان یک گروه زبده، در حدود بیست نفر، به سرکردگی هاله پیدایشان شد که با آهنگ می‌خواندند: شه زمام ملتی / سپرده دست دولتی / که با تفنگ و تانک و توپ و تیر / کند حکومت / چو مستبدی جابرانه! این شعار بسیار موثر بود و به سرعت پخش شد و حتی تا خیابان نادری حوالی خیابان قوام السلطنه پیچید. ارسنجانی به قوام گفت و قوام

گفت‌ای داد بیداد من کی دستور تیر اندازی دادم و قلبش به شدت گرفت. حسین پسر ده ساله‌اش که تمام مدت کنار تختش ایستاده بود زد زیر گریه. اکبر خان دستش را گرفت و از اطاق بیرون برد.

*

یکی دو ساعت به غروب مانده دروازه مجلس باز شد و یک اتومبیل پونتییاک که امام جمعه رئیس مجلس و مهندس احمد رضوی معاون مجلس و عضو فراکسیون نهضت ملی در آن نشسته بودند آهسته جمعیت را کنار زد و به سمت شاه آباد حرکت کرد. یک نفر یک پاره آجر به شیشه عقب ماشین پرتاب کرد که به امام جمعه بخورد ولی به کمر رضوی خورد!

در دربار شاه که از چهره‌اش پیدا بود سخت نگران است به آنان خوش آمد گفت و انگار که از هیچ جا خبر ندارد:

-من از آقایان دعوت کردم که بیایند و بگویند در شهر چه خبر است.

-امام جمعه: مردم به هوا خواهی از دکتر مصدق قیام کرده اند.

-دکتر مصدق که خودش استعفاء کرد. من هم آقای قوام را برای نخست وزیری پیشنهاد کردم. مملکت که نمی‌تواند بی سرپرست بماند.

-رضوی: بله، ولی مردم می‌گویند که به خاطر رنجش از شما استعفاء داده اند.

-من چون با ارتش بزرگ شده‌ام فکر می‌کنم بهتر از دکتر مصدق که غیر نظامی‌ست می‌توانم آن را اداره کنم ولی حالا اگر ایشان اصرار دارند من حرفی ندارم.

*

هنوز غروب نشده بود که از جلو مجلس هلهله برخاست که قوام رفت. بقائی و مکی از پشت میله‌ها پیداشان شد که شعار می‌دادند و به مردم تبریک می‌گفتند. نکته جالب این بود که هر دوشان پیشتر عضو حزب دمکرات قوام بودند و به نامزدی آن حزب نماینده مجلس پانزدهم شده بودند. بقائی که به سیم آخر زده بود و گفت هر چه زودتر بروید و این خائن را به سزایش برسانید. گروهی که در سمت راست دروازه مجلس ایستاده بودند فریاد زدند "مصدق مظهر نیروی سوم". یک لحظه بعد از آن سو شعار دادند " قوام السگننه منفور مردم". ترکیبی از شادی و نفرت جمعیت را فرا گرفته بود.

همان لحظات حسین علا وزیر دربار به دیدار مصدق رفت و با آب و تاب و احترام بسیار از جانب شاه به او پیشنهاد نخست وزیری کرد. مصدق با تشکر گفت من این نامزدی را می‌پذیرم ولی رای رای مجلس است.

فردای آن روز هم تظاهرات تا اندازه کمتری به شادی و شادمانی ادامه یافت ولی وقت خبر رسید که دیوان لاهه به نفع ایران رای داده است دیگر کار به رقص و آواز در خیابان‌ها کشید.

*

مصدق همان شب به علا گفته بود هر چه زودتر قوام را مخفی کنید چون مردم سخت عصبانی اند و ممکن است بلائی به سرش بیاورند. همان شبانه قوام را حرکت دادند و به خانه ابولقاسم امینی برادر کوچک دکتر امینی بردند.

بقائی از پشت رادیو سخت علیه قوام تبلیغ می‌کرد. حسین عینکچی را که دو پسرش روز پیش در خیابان کشته شده بودند پشت رادیو آورده بود و از او می‌پرسید با قوام چه باید کرد. عینکچی هم در حالی که زار زار گریه می‌کرد گفت باید همه اموالش را گرفت و ده سال حبسش کرد. اسدالله علم رادیو را

خاموش کرد و به قوام گفت این مگر آدم شما نبود. قوام گفت سیاست تو این مملکت این جوریه دیگه. بنشین یک دست پوکر بزنیم.

دعوای متخصص زیبائی با حسن پرتقالی

یک روز ظهر که امیرحسین داشت از مدرسه خارج می‌شد مش یدالله فراش دم در جلو رفت و گفت شما پدرتان وکیله مگه نه؟ گفت چرا. گفت آقا دارن یه خونواده را نابود می‌کنن. تو رو به خدا به بابا بگین بدادشون برسه.

– چی شده؟

– همسادمون اشرف سادات زن حسن آقا پرتقالی دیروز گریه کنون اومد در خونه ما که چه نیشسسین مغازه حسن آقا رو خراب کردن، خودشم کتک زدن انداختن تو هولوفدونی. من موندم با چارتا بچه قد و نیمقد. دسسمونم به عرب و عجم بند نیست. پریروز رفتم امامزاده سد اسماعیل گریه زاری. آخه اون آقام باهاس جواب روزی صد تا مث منو بده.

– خب من چکار میتونم بکنم؟

- تو رو به علی به بابا جونتون بگین یه کاری بکنن. با یکی از کله گنده‌ها صحبت کنن بلکه اقلا از زندون خلاص شه.

- خیله خب من به پدرم میگم ببینم چکار میتونه بکنه.

- قربون محبتت آقا جون. سرازیری قبر حضرت علی به دادت برسه.

ظهر سر ناهار که همه دور میز نشستن گلی خانم مامان امیرحسین رو به پدرش گفت امروز چه خبر بود که گرفته‌ای.

- تو اداره ثبت به محمود امین برخوردم. احوالپرسی کردم گفت از قضا می‌خاسسم امروز عصر بیام دفترتون. گفتم تشریف بیارید انشالله خیره. گفت نه خیلی، چون یک پرونده جزائی پیدا کرد ه م. گفتم چطور. گفت دیروز ظهرکه رفتم خونه دیدم خواهر بیوه‌م که با ما زندگی می‌کنه و یه پسر هفت ساله داره گریه می‌کنه و میگه بچچم اگه بابا بالا سرش بود این بلا سرش نمی‌اومد. پرسیدم مگه چی شده. گفت پسرمو پسر ده ساله همسایه سر توپ بازی کتک زده. پسرم رفت در خونشون به پدرش شکایت کنه اونم زده دماغشو خون انداخته. من بی معطلی دست بچه را گرفتم رفتم در خونه همسایه. یه مردکه نره خر اومد دم در. گفتم چرا این بچچه رو زدی. گفت روشو زیاد کرد. گفتم یه بچچه هفت ساله چه جوری روشو با تو زیاد کرد – همینکه گفت پسرت منو زده؟ گفت آخه با اونم روشو زیاد کرده بود. گفتم مرد حسابی آخه سر اختلاف دو تا بچچه این جوری رفتار نمی‌کنم. گفت من می‌کنم. خوشت نمیاد برو شیکایت کن. اختیار از دستم رفت چنان کتکش زدم که خونین و مالین شد. گفتم حالا تو برو شکایت کن. حالا رفته کلانتری شکایت کرده کلانتری هم مرا برای پس فردا صبح احضار کرده.

به امین گفتم بهتره پس فردا عصر بعد از کلانتری به دفترم بیایی که ببنیم چه گذشته و چه میشه کرد.

در این فاصله مستخدم غذا را روی میز چیده بود و مشغول ناهار خوردن شدند. ناهار که تمام شد چای آوردند. امیر حسین از فرصت استفاده کرد و موضوع مش یدالله را پیش کشید: بابا یه فکری هم برای نجات این آدم مظلوم بکنین. پدر داستان را گوش کرد و گفت به مش یدالله بگو شماره پرونده رو از خونواده پرتقالی بگیره تا ببینم چه میشه کرد.

———————————————————————

همان روز که امیر حسین به مدرسه بازگشت پیام را به مش یدالله داد و او هم فردای آن روز یک تکه کاغذ که روی آن شماره پرونده را نوشته بودند به او داد و گفت جوون اشرف سادات سر نماز دعات کرد. فردای آن روز پدرش عبدالحسین متین داوری منشی‌اش کریمی نژاد را به دادگستری فرستاد که با رجوع به پرونده پرتقالی او را با دادن وثیقه آزاد کند. معلوم شد دو پرونده برای او وجود دارد. یکی به اتهام کتک زدن مادر خانم صابخونه و یکی هم درباره بستن مغازه.

عصر آن روز حسن آقا پرتقالی به دفتر آقای متین داوری رفت و ماجرا را شرح داد. خلاصه داستان این بود که او مستاجر خانم عزت کسمائی ست. خانه این خانم در خیابان شاه نزدیک به خیابان فخررازی جنب مسجد سجاداست واوگاراژآن را که برخیابان است به مدت چهارسال برای مغازه میوه‌فروشی‌اش اجاره کرده ولی حالا خانم کسمائی ماشین خریده و می‌گوید باید گاراژ را تخلیه کنی. پرتقالی هم گفته قرار ما چهارساله است. به من شش ماه فرصت و هزار تومن خسارت بدهید. خانم هم دو کروربه او فحش داده و گفته نشانت خواهم داد.

روز بعد یک کامیون پر از آجر با چهار گردن کلفت مقابل مغازه می‌ایستند. گردن کلفت‌ها با ضرب و شتم او و دو شاگردش هرچه در مغازه بوده به پیاده رو می‌ریزند و آن را از آجر پر می‌کنند. و وقتی او داد و فریاد می‌کند ظرف چند دقیقه پلیس می‌رسد و او را به اتهام این که مادر خانم را کتک زده است می‌زنند و در کلانتری برایش پرونده درست می‌کنند و در زندان موقت شهربانی حبس می‌شود. پرتقالی اضافه کرد "آقا من پول ندارم چون اموالم را از بین بردن و تو پرداخت قرضم به صاحبای اجناسی که خریده بودم درموندم". متین داوری گفت کسی حرف پول نزد. فعلا که آزادی. برو پیش کریمی نژاد. گفته‌م برای پرونده هات وکالتنامه تنظیم کنه. بخون و اگه موافق بودی امضاء کن. بعدا خبرت می‌کنم.

فردا عصر محمود امین به دفتر متین داوری رفت و پس از صرف چای گفت که برایم پرونده ضرب و شتم درست کرده اند و‌با پرداخت وثیقه آزاد شدم. متین داوری گفت فعلا تنظیم وکالتنامه لازم نیست. پیش از رفتن لطفا نشانی شاکی را به کریمی نژاد بده تا موضوع را دنبال کنیم. یک ساعت بعد متین داوری کریمی نژاد را در دفترش فرا خواند و گفت فردا برو در محل و سعی کن دو سه شاهد پیدا کنی که مردک پسر خواهر امین را زده بوده. نام و نشانشان را بگیر و بگو اگر راضی باشند که شهادت بدهند نفری پنجاه تومن به آنها خواهیم داد.

فردا سر ناهار امیر حسین از پدرش پرسید که کار پرتقالی چه شد. او هم مختصری توضیح داد و گفت پرتقالی را با پرداخت وثیقه آزاد کردیم و از او وکالت گرفتیم که کارش را دنبال کنیم. همان روز عصر مش یدالله به امیرحسین گفت آقا، اشرف سادات دیشب امامزاده سد اسماعیل را زیارت کرده و واسه شما و پدرتون دعا خونده.

————————————————————————————

دو سه روز بعد کریمی نژاد به متین داوری گزارش داد که دو شاهد محلی پیدا کرده، شاگرد سبزی فروش و یخی محل، که می‌گویند گفته بودند طفل معصوم را برای چه می‌زنی او هم جواب داده که به شما پدر سوخته‌ها مربوط نیست. متین داوری گفت همین امشب از طرف من از یک نامه رسمی رو کاغذ سر برگ به مردک بنویس به این مضمون که ما از جانب آقای محمود امین وکالت داریم که تو را برای زدن پسر خواهرش تعقیب جزایی کنیم و دو شاهد هم داریم که وقتی بچچه را زده بودی اعتراض کرده بودند و تو فحششان داده بودی. اگر شکایت خود را از آقای امین پس نگیری ترا تعقیب جزایی خواهیم کرد. درآن صورت قاضی آقای امین را تبرئه خواهد کرد ولی تو را هم به دلیل کتک زدن کودک یتیم و هم تحریک و عصبانی کردن آقای امین به زندان خواهد انداخت. ما آماده ایم؛ انتخاب با توست.

————————————————————————————

نیم ساعت بعد کریمی نژاد گفت آقا، خانم کسمائی با دخترشان آمده اند و اصرار دارند که شخص شما را ببینند. متین داوری گفت بسیار خوب بفرسسشون تو و به رضا - پیشخدمت - هم بگو چائی بیاره. یک دقیقه بعد در باز شد و یک خانم خوش سیما و شیک و سی و هفت هشت ساله و یک دختر زیبای پانزده شانزده ساله وارد دفتر داوری شدند. پس از تعارفات معمول خانم گفت من عزت کسمائی، متخصص زیبائی، هستم. آقا شما چرا وکیل یک چاقوکش شده‌اید. من خودم به شما وکالت می‌دهم. شما وکیل من بشوید. داوری جواب داد البته من نباید و نمی‌توانم در هیچ صورتی وکالت شما را بپذیرم. پرتقالی شخصا روایت خودش را برای من گفت. منشی من هم که پرونده‌ها را خوانده کم و بیش روایت

او را تأیید کرد. حالا که شما این طور می‌گوئید من خودم پرونده‌ها را خواهم خواند و اگر تردیدی پیدا کردم از وکالت پرتقالی استعفاء خواهم داد.

- خیله خب آقا. شما پرونده‌ها روبخونین و بعد وکالت منو بپذیرین.

- اونکه به هیچوجه صحیح نیست. ولی همون طور که گفتم پرونده‌ها را می‌خونم و بعد تصمیم می‌گیرم.

- خیلی ممنون این هم کارت و شماره تلفن من. هر وقت خواسسین تلفن بزنین. متین داوری نگاه تعجب آمیزی به کسمائی انداخت و سکوت کرد. چائی که تمام شد کسمائی و دخترش که جز سلام و خداحافظی چیزی نگفته بود دفتر را ترک کردند.

متین داوری همان فردا صبح به دادگستری سر زد و پرونده‌ها را خواند. عصر روز بعد دفتر بود که کریمی نژاد زنگ زد و گفت قربان خانم کسمائی پای تلفن اند و اصرار دارند که با شخص شما صحبت کنند.

- بسیار خوب وصل کن.

- الو، آقای متین؟ سلام منم، کسمائی.

- سلام. چه فرمایشی داشتین؟

- خواسسم از شما دعوت کنم که پنجشنبه شب برا شام تشریف بیارین منزل ما.

- ممنونم. لطف دارین. ولی شما طرف دعوای ما هسسین و من نمی‌تونم دعوت شما رو بپذیرم.

- عیب نداره. آقا حالا بیاین منزل ما را مزین کنین، یه شامی با هم بخوریم و مسائل را حل کنیم.

- خانم اصرار نکنین. من پرونده‌ها را خواندم و نتیجه گرفتم که موکل من مظلوم واقع شده. تنها راه حل هم اینه که شما دعواتونو پس بگیرین و حقوق پرتقالی رو هم بهش بدین.

- خب حالا شما تشریف بیارین راجع به اونم صحبت می‌کنیم.

- این کار ممکن نیست. اگر می‌خواین صلح کنین من حاضرم گفتگو کنم. در این صورت از منشی من وقت بگیرین و با قرار قبلی بیاین دفتر من تا صحبت کنیم.

- پس اجازه بدین فکر کنم. خدافظ.

- خدافظ.

- قربان یه آقایی به نام جواهریان اومدن و اصرار می‌کنن که شما رو ببین.

- وقت قبلی دارن؟

- نه قربان.

- پس یه وقت مناسب بهشون بده که بیان ببینیم چکار دارن.

- میگن من شاکی آقای محمود امینم که بهم نامه نوشتین.

- بسیار خوب بیارش تو.

- آقا سلام علیکم. مخلص جواهریانم که بهم نامه نوشته بودین.

- بله، چون نام شما را نمی‌دونسسیم در نامه شما رو آقای عزیز خطاب کردیم.

- اومدم ببینم که امین منو کتک زده شما میخاین منو مجازات کنین؟

- اول تو بچچه یتیمو کتک زدی. بعد هم به ولیش گفتی برو شکایت کن. همونطورکه نوشتم دو نفر شاهد داریم. اگه بره دادگاه آقای امین تبرئه میشه و تو میری زندان. دیگه خود دانی.

- آقا شما چون وکیلین می‌خاین به من زور بگین.

- زورو تو گفتی. تو خجالت نکشیدی با این هیکلت یه بچچه هفت ساله رو کتک زدی؟ نمی‌تونسسی به پسرت بگی بگه اشتبا کردم تا آشتی کنن؟

- خب حالا می‌گین چیکار کنم.

- بردار به کلانتری بنویس که دعوات رو پس می‌گیری غائله می‌خوابه.

- چه جوری بنویسم؟

- کریمی نژاد این آقا رو ببر تو اتاقت یه چائی بهشون بده و نامه را از طرفشون بنویس که امضاء کنن. تلفن آقای امین رو هم بگیر که من این خبرو بهشون بدم. وسسلام.

صبح روز چهارشنبه وقتی متین داوری داشت وارد داد سرا می‌شد دربان گفت قربان آقای انصاری گفته اند که لطفا سری به ایشان بزنید. متین داوری هم یکراست به دفتر انصاری رفت. منشی گفت قربان آقای متین داوری تشریف آورده اند. انصاری به سرعت از پشت میزش برخاست و تا دم در پیشواز آمد و تعارف کرد که متین داوری بنشیند و چائی سفارش کرد. پس از سلام و احوالپرسی و از این در و آن در گفت فلانی شما چند سال است که وکالت

می‌کنید. گفت بیست و هفت سال. گفت من پانزده سال است که دادسرا هستم و از همان سال اول با شما آشنا شدم. آیا من تا به حال از شما درخواستی کرده ام. گفت نه، چنانکه من هم از شما درخواستی نکرده ام. گفت بله ولی حالا برای اولین بار می‌خواهم از شما یک درخواست بکنم. می‌خواستم خواهش کنم که از کار پرتقالی استعفاء کنید. پولی که درآن نیست چرا بی خود برای خودتان و ما دردسر درست می‌کنید. متین داوری به تلخی گفت انصاری عزت کسمائی اول پیش من آمد. من وکیلم و می‌توانستم از کار پرتقالی استعفاء کنم و کار او را بپذیرم که هم پول در آن بود هم ظاهرا مزایای دیگری، بدون اینکه جرمی مرتکب شده باشم. تو دادستانی و داری مرتکب جرم می‌شوی. انصاری گفت والله من نه این خانم را دیده‌ام نه حتی صدایش را شنیده ام. خود من هم تحت فشارم. معاون وزارت دادگستری به من فشار می‌آورد.

- به این میگن عذر بدتر از گناه.

- خب حالا که سر ناسازگاری داری برو ببین یزدی پور، بازپرس پرونده، داد خواستتو می‌پذیره.

متین داوری بلند شد و گفت غلط می‌کنه نپذیره و بی خداحافظی دفتر انصاری را ترک کرد. و بلافاصله به دفتر یزدی‌پور رفت که با احترام زیاد او را پذیرفت. متین داوری بدون مقدمه گفت که من دنبال دعوای پرتقالی آمده‌ام. انصاری می‌گوید تو دادخواست مرا نمی‌پذیری. بردار بنویس. یزدی پور با خونسردی گفت قربان انصاری گه خورد.

عصر همان روز متین داوری به دکتر عبدالحسین علی آبادی دادستان کل در خانه‌اش تلفن زد و پس از تعارفات معمول خیلی خلاصه گفت که من چنین

پرونده‌ای دارم که دادستان شهرستان گفت معاون وزارت دادگستری فشار آورده که ماست مالی و حق مظلوم لوث شود. شما می‌توانید پرس و جوئی کنید و ببینید حقیقت مطلب چیست؟ علی آبادی گفت این آدم قابل اعتمادی نیست و بدیهی ست که اگر صریحا موضوع را با او مطرح کنم به کلی انکار خواهد کرد. این را به من بسپارید خبرتان خواهم کرد. فردا شب علی آبادی به متین داوری در خانه تلفن زد و گفت کشف کرده‌ام که آنکه به معاون دادگستری رو انداخته کسی جز سناتور حبیب رشتی نیست که البته چنانکه می‌دانید ازجمله در زنبارگی شهرت عام دارد.

-عجب پس این فلان فلان شده است که می‌دانسته با بد کسی طرف شده و سعی کرده من کنار بروم!

پس از تشکر و خداحافظی با علی آبادی، متین داوری فورا منزل حبیب رشتی را گرفت و تا او را پای تلفن خواندند بی مقدمه گفت یعنی مرد حسابی تو بند شلوارت اینقدر شل است که به خاطر آن زنک می‌خواهی حق یک آدم مظلوم را لوث کنی. رشتی که بد جوری غافلگیر شده بود گفت فلانی به سر مبارکت من این زن را نمی‌شناسم. خودت می‌دانی که همه جور سفارش پیش ماها می‌آورند. من اصلا نمی‌دانستم که تو درین کار دخالت داری. حالا که می‌دانم دیگران را دنبال نمی‌کنم. متین داوری به طعنه گفت از زحمتی که می‌کشی تشکر می‌کنم و گوشی را گذاشت.

یک روز عصر کریمی‌نژاد وارد دفتر متین‌داوری شد و گفت قربان سلام. خبر خوبی ندارم امروز رای دعوای حسن پرتقالی را از مدیر دفتر دادگاه بدوی گرفتم. علیه ما رای داده است. متین گفت من انتظار این را داشتم. نگران نباش کار درست می‌شود. حالا دیگر مساله برای من شخصی هم شده است. من اگر دعوا

را به این زنک ببازم جواز وکالتم را پس می‌دهم و عدلیه را هم رسوا می‌کنم. استیناف خواهیم داد.

دو ماه گذشت و سه روز به تشکیل دادگاه تجدید نظر مانده بود که روزنامه‌ها نوشتند عزت کسمائی به اتهام پذیرائی حرفه‌ای از مردان ثروتمند دستگیر شده است. عکس و تفصیلات!

خلاصه داستان این بود که یک خانم با نفوذ که از شنیدن مکالمه‌های تلفنی به رابطه شوهرش با زن دیگری پی برده بوده طلاق می‌خواسته ولی شوهر انکار می‌کرده و می‌گفته فقط اگر از مهریه هنگفتش صرف‌نظر کند حاضر است طلاق بدهد. برادر خانم که مدیرکل یکی از وزارتخانه‌هاست با سرلشکر حمیدی معاون شهربانی کل دوست است و از او خواهش می‌کند که شوهر خواهرش را تحت نظر بگیرند. او هم از اداره کار آگاهی می‌خواهد که جریان را پی‌گیری کند. ردگیری به خانه عزت کسمائی منجر می‌شود. اما کارآگاهی حدس می‌زند که مرد تحت نظر یک نفر از مشتری‌ها بیش نیست. خانه را یک ماه تحت نظر می‌گیرند و کشف می‌کنند که حدسشان درست بوده و در نتیجه خانم را با ادله و مدارک دستگیر می‌کنند و تحویل دادسرا می‌دهند.

سه روز بعد که دادگاه تجدید نظر تشکیل شد. دیگر شانسی برای سفارش مشتریان کسمائی نمانده بود و دادگاه در ظرف سه ربع به نفع حسن پرتقالی رای داد. چند روز بعد پرتقالی به دفتر متین‌داوری رفت با دو سه مرغ و خروس که آقا نوکرتم. رفته بودم دهمون گفتم این‌ها رو بیارم تقدیم کنم. متین خندید و گفت بده به کریمی نژاد چون اون بیشتر از من دنبال کار تو دویده است. *

به پیش به سوی محاصره شهرها از طریق دهات!

- بزرگ ترین انقلاب تاریخ انقلاب فرانسه نبود. حتی انقلاب کبیر اکتبر هم نبود. این انقلاب فرهنگی که الان در چین جریان داره از همه اونا بزرگتره چون نه تنها چین و جهان سوم بلکه کل بشریت رو از استعمار و استثمار و ظلم و بیداد و نادانی نجات میده.

- صادق جان قبول دارم که مائو انقلابی بزرگیه ولی با این وصف چین هنوز کشور فقیریه. چطو میتونه کل بشریتو نجات بده.

- فقیر ینی چی؟ چین صاحب بمب هیدروژنیه. ولی از اون مهمتر یه ایدئولوژی بی نظیر و یه رهبر بزرگ تاریخی داره. برو کتاب سرخ صدر مائو رو بخون تا بتونی عمق حقایقو درک کنی.

- یعنی مائو از لنین و مارکس هم بزرگتره؟

- حسین مائو یک قهرمان امروزی ست که عصاره همه دستاوردهای گذشته را تو خودش جمع کرده. روزی که رفتیم سر کوه خواهی دید که رهنمودهای او چه شگفتیائی به بار اوورده.

- منظورت مبارزه چریکیه؟ بهترینشون چگوارا بود که اونم از بین بردن. من معتقدم ما باید دنبال فکر جلالو بگیریم.

صادق - جلال آدم خوبی بود. تا همین دو ماه پیش من بهش ایمان داشتم. ولی اشتباه می‌کرد.

حسین - ینی غرب زدگی چرنده؟

صادق - نه چرند نیس ولی فکر یک خورده بورژوای انقلابیه که داره دست و پا می‌زنه. چون جلال حقیقت رسالت پرولتاریا رو درک نکرده بود.

حسین - خب تو این دو ماه چه اتفاقی افتاد که تو مائوایست شدی؟

صادق- گفتم تا دو ماه پیش ولی ماهها بود که راجع به این موضوع فکر می‌کردم. مقاومت مردم قهرمان ویت نامو که خود جلال هم قبول داشت دقیقا مطالعه کردم. بعد انقلاب فرهنگی چینودنبال کردم که دراین مورد بهروز کمک بزرگی بود. اون بود که کتاب دکترآرین پورو به من داد با یه مقدار کتاب و جزوه دیگه در باره مارکسیسم و انقلاب چین. یه وقت متوجه شدم که چشام واز شده.

حسین - بله بهروز مقداری از این چیزا به منم داده ولی خب من هنوز فکر می‌کنم. راستی تو کی قراره بری، اینگلیس. و چرا اینگیلیس.

صادق- داداشم تو اینگیلیس مهندس شد و پنج سال پیش برگشت ایران حالا برای خودش دم و دستگاهی پیدا کرده و پول و پله‌ای به هم زده. خیلی هم اینگیلیس زده ست و تا یه چیزی می‌گی میگه بعله تو اینگیلیس فلان و بیساره.

پدر و مادرم هم که الا و للا اگر می‌خواهی خارج درس بخونی باید بری اینگیلیس.

-خب صادق جون ایشااله به خوبی و خوشی. من الان باید برم سینما امپایر. دم سینما با حمید قرار دارم چون فیلم لورنس عربستان را دوباره گذاشتن. تو هم که داری میری اینگیلیس. بیا این فیلم قهرمانی اینگیلیسا رو ببین.

- حسین جون خوش بگذره. من فیلم قهرمانی امپریالیستی نمی‌بینم. خدافظ.

از کافه که درآمدند صادق یکراست رفت سراغ باجه تلفن عمومی که همان چند قدمی بود و شماره منزل شهرزاد را گرفت.

- الو. خانم سلام عرض می‌کنم شهرزاد خانم هسسن؟

- ببخشید آقا. شما؟

- من آقای صدیقم معلم ادبیاتشان.

- سلام آقا. یه لحظه. شهرزاد شهرزاد آقای صدیق اند.

- الان مامان.

- الو.

- شری جون منم. حالت چطوره عزیزم.

- ایوای صادق من که به تو گفتم بی هوا زنگ نزن. اگه لو بریم کار من یکی که زار میشه تو رو نمیدونم. حالا خوبه تلفن تو راهروس. وگرنه نمی‌تونسسم حرف بزنم.

- قربونت برم فقط می‌خاسسم بگم فردا ظهر وقتی مدرسه تعطیل شد اون دم منتظرتم.

– خیله خب ولی بپا بچه‌ها نفهمن. فقط زری از رابطه ما خبر داره.

– نه مواظبم. پس تا فردا. اینم یه ماچ تلفنی.

——————————————————————

فردا زنگ مدرسه را که زدند شهرزاد به زری گفت زود باش بریم الان صادق منتظره. برو بهش بگو بره پائین‌تر سر چهارراه یوسف آباد دم باشگاه ارامنه تا من خودمو برسونم. زری جلوتر رفت و به صادق اشاره کرد. صادق خودش دوید جلو و هول هولکی گفت زری جون به شری بگو من باید برم بیمارستان چون اسداللامون قرص خورده. خدافظ.

شری که بیرون آمد دید صادق دارد دور می‌شود و زری به سوی او می‌آید.

– چی شد زری؟

– خبر بد. دادششش قرص خورده بردنش بیمارستان. خدا بهش رحم کنه.

اتوبوس که رسید هردو سوار شدند.

– صادق یکی دو دفه به من گفت که اسدلا به سرش زده ولی فکر نمی‌کردم به این بدی باشه. عصری باید به خواهرش تلفن بزنم ببینم چی شده.

– کی میخواد بره لندن؟

– درست معلوم نیس. شاید یه ماه دیگه.

– تکلیف شما دو تا چی میشه؟

– صادق گفت چند ماه دیگه تو تعطیلات کیریسمس برمی‌گرده تهران و از من خاسگاری می‌کنه.

– به پدر مادرش گفته.

- نه ولی میگه پیش از رفتنم بهشون میگم.

راننده گفت حسن آباد.

- زری جون خدافظ تا بعد.

راهرو بیمارستان شفا یحیاییان زیاد شلوغ نبود ولی همه خانواده دیوانی آنجا جمع بودند. حتی عموی بچه ها. مادر صادق اشکش را با گوشه چادرش پاک می‌کرد و می‌گفت حال بچم چی میشه. همش واسه اون دخترس.

آقای دیوانی - نه بابا آدم واسه دختر که قرص نمی‌خوره.

مادر - آخه می‌گفت واسش می‌میره.

- گفته باشه. این چیزا هزارتو داره. مساله درس و مشقشم یکیشه. نیس همه برا صادق به به و چه چه میکنن. اونم که هی در جا میزنه.

صادق - تمامش به خاطر شاه و نیکسونه. منم از دست این بی شرفا ذله شدم. همه ذله شدن. نهایت یکی پوسسش نازک تره میگه بذار برم ازدسسشوون راحت شم.

عمو - صادق جون چرند نگو حالا تو هم می‌خوای یه شر دیگه بپا کنی.

مادر- خانوم خانوم. خانوم پرستار. شما تو اتاق بودین؟ دکتر چی میگه.

- سلام خانوم دیوانی. هنوز معلوم نیس ولی دکتر امید واره.

- یا حسین مظلوم خودت به داد برس.

صادق - تا این مملکت دسس شاه و نیکسونه همین بازی هست. این مملکت یه صدر مائو میخواد که یه ملتی رو نجات بده.

پدر – بسسه دیگه صادق بسسه. مگه نمی‌بینی مادرت چه حالیه.

دکتر از اتاق عمل آمد بیرون – خانم خیالتون راحت باشه خطر گذشته.

– آخ خدا عوضتون بده. امشب که برم شابدولظیم یه شمعم برا شما روشن می‌کنم آقای دکتر.

– فریده جون سلام صادق هست؟

– سلام شری جون. همه این دور و ورند نمیتونه باهات حرف بزنه.

– می خواسسم حال اسدللا رو بپرسم.

– خطر گذشته ولی هنوز بیمارستانه. مادر جون امشب اونجا پیشش میخوابه.

– خب خدا روشکر. به صادق بگو فردا ظهر بیاد دم مدرسه کارش دارم.

– فریده! کیه؟ کار اسدوللا رو برا این و اون تعریف نکن.

– آقا جون یکی از دوستامه. به اسدللا ربطی نداره.

– شری جون پیغامتو به صادق میدم. فعلن خدافظ.

فردا ظهر صادق دم مدرسه بود که زری آمد و همان پیام دیروز را به او داد: چهارراه یوسف آباد جلو باشگاه ارامنه. شهرزاد که رسید رفتن تو خیابان نادری، چند قدم پایین تردست راست وارد کتابفروشی انگلیسی مپسو شدند.

– شهرزاد (با صدای آهسته) اینجا که نمیشه حرف زد.

– صبر کن الان میریم تو قوام سلطنه از اونجام تو موزه ایران باستان.

- خیابون سپه؟ اونجا برا من هیچ خوب نیس.

- پس چیکار کنیم. اصن بیا از هم جدا شیم. عصر ساعت ۵ از تلفن عمومی بهت تلفن میزنم که یه قرار درس و حسابی بذاریم.

- خیلی خب ولی حالا بگو اسدلا چطوره.

- هیچچی فعلن که جسسه. خدافظ تا ساعت ۵.

صادق سر ساعت ۵ تلفن زد و با شهرزاد برای چهارشنبه ساعت ۶ بعد از ظهر تو اغذیه فروشی ۴۴۴ خیابان بلوار قرار گذاشت.

- کسی اونجا نمیاد چون تقریبا بیرون شهره. مخصوصا اون ساعت. از ۸ شب سرو کلشون پیدا میشه که وقت رفتن ماس.

- مطمئنی؟ به مامانم چی بگم؟

- بگو خونه زری جشن تولد دعوت داری. به زری‌ام بسپر که لونده.

----

۴۴۴ واقعا خلوت بود. فقط یک زن و مرد پشت یک میز نشسته بودند.

- برا خودم سوسیس سفارش میدم با سیب زمینی سرخ کرده. تو چی می‌خوای.

- یه ساندویچ مرغ.

- فکر نکن ساندویچ مرغ اینجام مث اختیاریه. اون چیز دیگه‌ایه.

- باشه بالاخره هر چی هست ساندویچ مرغه. یه کانادام سفارش کن.

مشغول خوردن که شدند شهرزاد گفت صادق جونم دلم یه ذره شده بود که ما دو سه ساعت با هم باشیم. دفعه آخر سه هفته پیش بود. ولی اول بگو حال اسدلا چطوره. این چه بلائی بود که سر خودشو و خونوادش اوورد.

- همش به خاطر وضعیه که تو این مملکت درس کردن. زور، زندان، شکنجه، خفقون، امپریالسم. تو بیمارستان گفتم همش ازدسس شاه و نیکسونه.

- مگه اسدلام سیاسیه؟ تازه واسه شاه و نیکسون که آدم خودشو نمیکشه.

- نه اگه اونم انقلابی بود به جای خود کشی مبارزه می‌کرد. تازه مگه آدم باید سیاسی باشه که از دسس بساطی که اینا تو این مملکت راه انداختن عذاب بکشه؟ این مملکت یه رهبر انقلابی لازم داره. یکی مث صدر مائو.

- ولی صادق جون من شنیدم که اسدلا از دسس زهره قرص خورده بوده. وگر نه آدم قرص نمی‌خوره که یه ساعت بعدش بگه قرص خوردم ببرنش بیمارستان.

- تو عجب آدم ساده‌ای هسسی. بیخود میگن. صد تا مث زهره دلشون براش لک زده.

- بر فرضم که اینطور باشه لابد اون دلش برا زهره لک زده.

- ببین من حوصله ادامه این بحثو ندارم. دلم می‌خود راجع به خودمون حرف بزنیم.

- منم همینطور. خب تو بالاخره کی میری لندن. راجع به ما با پدر مادرت حرف زدی؟

- نه هنوز. ولی کلاس اینگلیسی لندن اوائل شهریور و از میشه. داداش مهندسم با مکاتبه اسممو نوشته.

- پس کی میخوای بهشون بگی؟

- هر چی زودتر. ولی الان بعد از جریان اسدلا یک کمی زوده. ایشالله تا دو سه هفته دیگه خبرشو میدم.

– راسسی از حسین برات بگم. انقلابی انقلابی شده. بالاخره زحمت منو بهروز نتیجه داد. آتیشش از مام تند تره.

در باز شد چهار پنج نفر وارد مغازه شدند. صادق گفت بهتره بریم چون به زودی شلوغ میشه. تو اول برو چند دقیقه بعد من میرم.

– قربونت برم زودتر تماس بگیر. تا چند روز دیگه مدرسه تعطیل میشه.

– شنبه بعدا از ظهر ساعت ۵ تلفن می‌زنم.

– تا شنبه.

بلیط اتوبوس را گران کرده بودند و اعتصاب شده بود. یعنی یکی دو گروه مخفی اعلامیه‌های غلیظ و شدید داده بودند که مردم اعتصاب کنید و اتوبوس سوار نشوید. مردم هم گله گله در خیابان‌ها جمع شده بودند و داد و فریاد می‌کردند. در نتیجه بیشتر اتوبوس‌ها هم دست از کار کشیده و خود راننده‌ها هم در میان مردم پخش و پلا بودند. تک و توک اتوبوسی که پیدایش می‌شد به آن سنگ می‌پراندند که اغلب کنار می‌زدند و می‌ایستادند.

صادق دوید جلوی مردم راننده اتوبوس گناهی نکرده. خودشم یه کارگر مظلومه. برین یخه گردن کلفتا رو بگیرین. حسین گفت صادق جون برو جلو ما دنبالتیم.

در این اثنا یه دسته چهار پنج نفری با پلاکارد پیدا شدند. روی پلاکارد نوشته بودند مرگ بر امپریالیسم آمریکا. یک مشت تراکت هم روی هوا پخش کردند که سه تا شعار با حروف درشت روی هر کدام نوشته بود: مرگ بر امپریالیسم آمریکا. سرنگون باد رژیم دست نشانده شاه. پیروز باد خلق قهرمان ایران. صادق هم مثل خیلی‌های دیگر دولا شد و یکی را برداشت: مردم می‌بینین چی میگه؟

بگین مرگ بر امپریالسم! زنده باد خلق قهرمان ایران! مردم فریاد زنان شعارها را تکرار کردند و به راه افتادند.

پخش کنندگان تراکت‌ها که رهبر جمعیت شده بودند دویدند جلو و شعار دادند "دوزار بلیط گرون شد / امروز روز خون شد." مردم هم شروع به دویدن کردند: "دوزار بلیط گرون شد / امروز روز خون شد". دسته رهبری: "رژیماش رشته / هرچی که میگه کشکه". مردم: "رژیماش رشته / هر چی که میگه کشکه". دسته: "اونکه بالا نشسته / بار خودش رو بسسه". مردم همچنان می‌دویدند و تکرار می‌کردند. دسته: " نوکر استعمارن / عامل استثمارن". مردم: "نوکر استعمار... ".

ناگهان یک کامیون پلیس از جلو رسید. پاسبانها با باطوم‌های کشیده ریختند بیرون و به جمعیت حمله کردند. صادق درحال دویدن پایش لغزید و چنان زمین خورد که شلوارش رو زانوی راست جرخورد. زانوش خراش خورده و خون افتاده بود. ولی فورا پا شد و دوان دوان پیچید تو کوچه اولی. دو سه دقیقه بعد خودش را در خیابان بوذرجمهری یافت. " تاکسی، تاکسی ".

————————————————————

- صادق بهتره تو هر چی زودتر بری. اگه تو اعتصاب گیر افتاده بودی ممنوع الخروج می‌شدی و لندن بی لندن. یعنی اگه پشت گوشتو دیده بودی لندنم می‌دیدی.

- آقا جون حالا ٰکه گیر نیفتادم.

- اینم حرف شد. موضوع زندگیته، آیندته. کنکور که ندادی که اللا وللا باید برم لندن با اینکه با سلام و صلوات قبول می‌شدی. مام گفتیم خب برومث داداشت به یه جائی برس.

- من باید یه چیزی به شما و مادر جون بگم.

- درباره اعتصاب، لندن، چی؟

- راسسش اینه که من یه دختری رو دوست دارم و بهش قول ازدواج دادم.

- یا قمربنی هاشم. اون یکی خودکشی میکنه این یکی می‌خواد بی موقع زن بگیره. این دیگه چیه؟ کی، کجا، چطور؟ بگذریم از اینکه حالا وقت زن گرفتن تونیس وقت درس خوندنته.

- مادر جون، هم میشه درس خوند هم زن گرفت. من هشت ماس با این دختر آشنام. مث دسسه گل میمونه. ریختش. اخلاقش. رفتارش.

آقا جون - خب حالا فرض کنیم تو اینو گرفتی. اونم می‌خواد بیاد لندن؟ خرجشو کی میده؟ اصن اسمش چیه؟

-اسمش شهرزاده. شری صداش میکنن. شیش ادبیه. همین امسال دیپلم می‌گیره. باباش تو دارائیه. مامانش هم هفته‌ای دو روز دبستان درس میده. خونواده محترمی ان.

- مادر پدرش خبر دارن؟

- قراره بهشون بگه.

- خب اومدیمو اونا گفتن نخیر نمیشه. اونوخ چیکار می‌کنی؟ آخه کسی به یه پسر بیست ساله آس و پاس که دختر نمیده.

- اگه شما خاسگاری کنین حتما قبول می‌کنن.

- ببین جونم الان وقتش نیس. تو برو لندن فکراتو بکن. اگه چند ما دیگه بازم تو این فکر بودی یه فکری می‌کنیم.

- یعنی شما قول میدین اگه چند ما دیگه بیام تهران ترتیبشو میدین؟

- من الان هیچ قولی نمی‌تونم بدم. تو برو فکراتو بکن. برا تعطیلات که اومدی دربارش حرف می‌زنیم.

- شری جون به بابا مامانت قول و قرار ما روگفتی؟

- آره گفتم. داد و فریاد که حالا وقت شوهر کردن تو نیس. برفرضم که باشه تو یکی رو میخوای که سرو سامون داشته باشه نه یه جوون بیست ساله که داره میره لندن درس بخونه. منم گریه کردم و بی شام خوابیدم.

- پدر و مادر منم چندان روی خوشی نشون ندادن. دسس آخر گفتن حالا تو برو لندن فکراتو بکن واسه تعطیلات که اومدی دربارش صحبت می‌کنیم.

- خب این باز یه چیزی. ولی میدونی که خیلی دوست دارم و از قولم بر نمی‌گردم.

- میدونم عزیزم. تو هم که میدونی چقدر دوست دارم. راسسی اون عکستو که عکاسی ساکو انداختی دادم قاب کردن که با خودم ببرم و شبا زیر بالشم بذارم.

- قربونت برم صادق جون. نامه یادت نره. بفرس به اسم فریده که اون بهم بده. از این ورم که نامه پست کردن مساله نیس. فقط یادت باشه نشونی دقیقتو بنویسی.

- چشم حتما. فعلا تا برگردم خدافظ. اگر چه واقعا دلم نمیباد خدافظی کنم.

- برای درس خواندن آمده‌اید؟

- بعله. این هم گواهینامه مدرسه انگلیسی ال.تی.سی [کانون تدریس زبان].

- بسیار خوب. به لندن خوش آمدید. من سه ماه اجازه اقامت براتون صادر می‌کنم. از حالا تا سه ماه دیگر به وزرات کشور رجوع کنید که درصورت موافقت اقامتتان را تمدید کنند. به سلامت.

صادق رفت تو گمرک چمدانش را تحویل گرفت. بیرون که آمد اینور آنورش را نگاه کرد که ناگهان ذوق‌کنان چشمش به علیرضا افتاد که از پشت نرده دست تکان می‌داد.

- صادق جون خوش اومدی. پروازت خوب بود؟ خوب وختی رسیدی امروز ساعت هفت بعد از ظهر تو تالار شهرداری کنزینگتون میتینگه. همون طور که بهت نوشته بودم یه اتاق تو خونه خودمون برات گرفتم. بریم یه چیزی بخور یه ساعتی‌ام استراحت کن. بعدش خوش خوشان میریم بیرون تا وخت میتینگ بشه.

- عالیه. تو هواپیما ناهار خوردم. متینگ راجع به چیه؟

- میتینگ کنفدراسیونه برای اعلام همبستگی با خلق‌های جهان سوم. آخه امروز روز آفریقاس. یعنی رفقای چینی گفتن.

وارد تالار که شدند حسین جدالی داشت می‌رفت که جلسه را افتتاح کند. علیرضا گفت رفیق این دوستم صادقه همین امروز از فرودگاه اووردمش. انقلابی انقلابیه.

جدالی با لهجه غلیظ ترکی آذربایجانی: چه خوب. صادق یه وختی‌ام برا تو میذاریم که بگی الان شرایط انقلابی تو تهران چطوره.

صادق - با کمال میل.

در این موقع سه پسر و دو دختر رفتن روی سکو پشت میز ایستادند. جدالی رفت بالا و "به ادامه دهندگان انقلاب درود" گفت. "اول سرود خونده میشه بعد سخنرانی."

آن پنج پسر و دختر یکصدا و با آهنگ خواندند:

اندیشه‌های

مائوتسه تونگ

رهنمای ماس!

صدر خلق چین

در زمان و زمین

پیشوای ماس!...

تمام که شد جدالی یک نسخه روزنامه طوفان رو از روی میز برداشت و گفت دوستان این شماره آخره که تو راهرو رو میز کتاب هس میتونین بخرین.

یکی داد زد کسی آشغال شماها رو نمیخونه این میتینگ کنفداراسیونه میتینگ دارودسسه طوفان نیس. یکی گفت میتینگ تروتسکیستام نیس. جدالی گفت دوستان دعوا را نیندازن. من فقط گفتم این نشریه رو میز کتابه حالا هرکی خوشش نمیاد نخره. اولی گفت بعله ولی این جلسه کنفدراسیونه برا بزرگداشت خلق‌های محروم آفریقا. جای تبلیغات گروهی نیس. نه فقط طوفانیا بلکه همه ما به صدر مائو احترام میذاریم. منم تروتسکی ایست نیسسم. اصن اینجا جای تروتسکی‌ایستا نیست. اونا امتحانشون تو تاریخ دادن.

جدالی حرفش را قطع کرد: بعله، بعله ولی شمام قرار نبود نطق کنین. آقای دکتر ثابتیان تشریف بیارین بالا سخنرانیتونو شروع کنین.

یک مرد چهل و دو سه ساله بلند قد و خوش تیپ بلند شد و با وقار تمام رفت روی سکو: من واقعا متاسفم از اینکه اینجا این حرفا زده شد. رفقا امپریالسیم پشت در وایساده اونوخ شما دارین سر هیچ و پوچ با هم یکه به دو می‌کنین؟ آفریقا امروز داره زیر چکمه‌های امپریالیسم آمریکا و اینگیلیس و فرانسه له میشه ولی دست از مقاومت ور نمیداره. ببینین تو آفریقای جنوبی چه خبره. چه جوری ا. ان. سی. داره با چنگ و دندون با رژیم جهنمی آپارتید و اربابان امپریالیستش مبارزه می‌کنه...

سخنرانی‌ها که تمام شد علیرضا دست صادق را گرفت و برد پیش یکی از دخترهائی که سرود خوانده بود. این وجیهه روحی یه. وجیهه جون صادق دیوانی همین امروز از تهرون اومده. قرار بود که یه گزارش درباره شرایط مبارزه تو ایران بده که با هیاهویی که "توده انقلابیا" را انداختن دیگه نمی‌شد. وجیهم دو سه ماه پیش از تهرون اومد. یکی از رفقای خیلی خوب ماس.

صادق گفت وجیهه خانوم خیلی خوشوقتم. وجیهه گفت منم همینطور. ولی خانوم بی خانوم: وجیهه یا رفیق.

صادق – معلوم میشه شما انقلابی انقلابی‌این. مدرسه اینگیلیستون کجاس. من قراره برم ال. تی. سی.

وجیهه – من پول مدرسه خصوصی رفتن ندارم. تو کالج فنی کیلبورن روزی دو ساعت مجانی اینگیلیسی درس میدن به خارجیا.

صادق – بسیارعالی. پس شماره تلفنتونو بدین.

علیرضا – من بهت میدم. مال صابخونشه. وجیهه جون تا فردا تو حوزه.

فردا که صادق همراه علیرضا می‌رفت که به حوزه معرفی شود پرسید این جنجال دیشب سر چی بود. علیرضا گفت ببین سه گروه مائوئیستی هسسن که با هم اختلاف دارن. ما چون روزنامه طوفانو در میاریم معروف شدیم به طوفانی ها. رهبر کلمون دکتر غلامحسین فروتن مهمون رفقای آلبانیه. دکتر از رهبرای بزرگ حزب توده بود ولی وختی حزب توده ریویزیونیست شد و انقلابو کنار گذاش اونارو ول کرد و به مائو ایمان اوورد. یه انقلابی استالینیست دانشمند!

تو اینگیلیسم رهبرمون حسین جدالیه که خیلی قدیم پان ایرانیست بوده ولی الان سالهاس یه انقلابی مومن کار کشتس. حالا می‌بینی. اون دسسه‌های دیگه یکی "توده انقلابیان" که در واقع یه مشت اوپورتونیستن که مرشدشون پرویز نیکخواه دو سال پیش به ساواک وا داد. یه دسسم که از اونا انشعاب کردن به خودشون میگن "کادرها" ولی معلوم نیس حرف حسابشون چیه. اوناییکه دیشب میخواسسن جلسه رو به هم بزنن توده انقلابی بودن. ولی ثابتیان جلوشونو گرفت. جراح قابلیه قدیما توده‌ای بوده ولی حالا یه مارکسیست-لنینیست مستقله.

―――――――――――――――――――――――

زنگ زدند در باز شد. سلام علیرضا جان. بیشتر بچه‌ها اومدن.

ـ سلام حسین جان. رفیق خوب ما صادق دیروز از تهران وارد شد.

ـ دیشب تو جلسه از دور دیدمشون. خوش اومدین. سلام صادق خان.

ـ خب تا اون چند نفر دیگه بیان جلسه رو شروع کنیم. ما معمولا با بحث اخبار شروع می‌کنیم. خبر دسس اول اومدن رفیق صادقه. دیشب نذاشتن یه گزارش کوتاه از اوضاع انقلابی تو ایران بده. چه بهتر همین حالا.

صادق ـ اول بذارین بگم چقدر خوشحالم که هنوز از راه نرسیده با شما رفقای انقلابی آشنا میشم. اما درباره اوضاع، همین یه ماه پیش یه اعتصاب بزرگ راه

افتاد که دست آخر مردم پیروز شدن. بلیط اتوبوسا رو دوزار گرون کرده بودن. مردم ریختن بیرون. راننده اتوبوسام به ما پیوسسن. تظاهرات و شعارای انقلابی ضد امپریالیستی.

وجیهه - خب این یه چیزی ولی جریان‌های انقلابی چی میگن.

صادق- اصن دیگه کسی کسی رو که طرفدار مبارزه چیریکی نباشه تحویل نمی‌گیره. اشکال اینه که سواد ایدئولوژیک خیلی از انقلابیا کمه. تک و توک کتاب سرخ صدر مائو از ایندس به اون دس میره. ولی خیلیا هنوز استراتژی حیاتی محاصره شهرها از طریق دهات رو درک نکردن. با این وجود اوضاع دیالکتیکی دیالکتیکیه.

مجید - ایشالله به من نخندین ولی من آخرشم معنی درسس دیالکتیکو نفهمیدم.

حسین - خنده نداره. پس ما برا چی دور هم جمع میشیم. ببین رفیق، دیالکتیک منطق تضاده. هگل اول کشفش کرد ولی دیالکتیک اون ایده‌آلیستی بود اما بعدش مارکس و انگلس دیالکتیک ماتریالیستی رو در برابرش اووردن. به این جهت بهش میگن ماتریالسم دیالکتیک.

مجید - ولی من درس نمی‌فهمم منطق تضاد یعنی چی.

حسین که یک پایش را روی پای دیگرش انداخته بود خم شد، به کفشش اشاره کرد و گفت: این کفشو می‌بینی این هم هس هم نیس. تو یه حالت هس تو یه حالت دیگه نیس.

مجید - این حالتا کدومن؟

حسین - ببین رفیق خیلی طول میکشه که آدم واقعا دیالکتیکو بفهمه. تو هم بهش میرسی. عجله نداشته باش. موضوع امروز مبارزه برا رهایی خلقهاس...

جلسات حوزه هر هفته ادامه داشت و صادق با سواد فارسی که داشت رفقا را تحت تاثیر قرار داده بود. بخصوص چون در خیلی از موارد یک یا دو بیت شعر مناسب می‌خواند. انگلیسی‌اش هم کم کم پیشرفت کرده بود. یک روز وجیهه بعد از جلسه بهش گفت تو فیلم دوست داری؟ هیچ سینما میری؟ صادق گفت گاهی. وجیهه گفت سینما اودئون یه فیلم خوب اوورده میخوای این شنبه با هم بریم؟ صادق گفت چرا که نه. من همیشه با علیرضا می‌رفتم سینما. ولی اون ده روز پیش از لندن رفت بره کالج فوکستون. وجیهه: پس شنبه ساعت ۶ دم اودئون. صادق: باشه.

بعد از سینما، کافه، پارک. یک روز وجیهه گفت میدونی شعر خوندن تو رو خیلی دوس دارم. بیشتر بچه‌ها سواد فارسی ندارن. صادق: منم سواد ایدئولوژیک تو رو دوس دارم. اونجور که از لنین و استالین و مائو نقل قول میاری. وجیهه ناگهان دسسشو گرفت و گفت پس دیگه منتظر چی هسسیم؟

صادق دست پاچه دسسشو فشار داد و گفت قربونت برم.

ظرف دو سه هفته روابطشان صمیمانه شد. یعنی یک روز وجیهه گفت میدونی، من دختر نیسسم. صادق مات زده گفت چطور. وجیهه براش شرح داد که وقتی چهارده سالش بود یک روز رفیق مادرش که گروهبان هوائی بود سر زده در غیاب مادرش میاد خونه: از اون آره از من نه تا بالاخره وادادم. میدونی هم زور بود هم رودرواسی هم خودم یه خورده می‌شنگیدم. مادرم یک کمی بو برده بود ولی به رو خودش نمی‌اوورد. دو سه دفه بیشتر نبود. دفه آخر تو اتاق خودش تو یه خونه تو دروازه قزوین. چند وخ بعدشم اصن غیبیش زد. مادرم سراغشو از ادارش گرفت گفتن رفته ماموریت حالا حالاها هم برنمی گرده. هیچ چی دیگه. مادرمم یه سال صبر کرد بعد یه رفیق دیگه پیدا کرد.

صادق – پس تو با خیلیا بودی؟

– نه جون تو فقط سه نفر دیگه. دو تا تو ایران یکی‌ام اینجا.

– با پسراینگیلیسی؟

– ایوای، نه من خائن نیسسم. ینی عقبم خیلی اومدن. ولی با توله‌های امپریالسم؟

—————————————————————

از آن وقت دیگر صادق عکس شهرزاد را شبها زیر بالشش نمی‌گذاشت. عکس رفته بود تو چمدان. همانجا که نامه‌های شهرزاد را تبعید کرده بود. نامه آخرش را سه هفته جواب نداد تا بالاخره یک روز به فریده خواهرش نوشت: "... به شری هم بگو صادق می‌گوید من دیگر نیستم. دیگر روی من حساب نکند". دو هفته بعد جواب فریده آمد که: "به! خبر نداری. برای شری و یک مهندس شیرینی خورده اند. عقد کنان دو ماه دیگر است. چه خوب که هر دوتان به هم میایید. "

—————————————————————

یک روز وجیهه گفت: بالاخره کی میای بریم سر به سر حبیب سهرابی بذاریم. گفتی دوست داداشت بوده. صادق گفت: باشه من حرفی ندارم ولی اتلاف وخته. اون خودشو به بورژوازی فروخته. وجیهه گفت د خوبیش به همینه بریم یه خورده اذیتش کنیم...

سهرابی – سلام. خیلی خوشوقتم. کی اومدین لندن. دادش فیروزتون حالش خوبه؟

– بعله بد ینس سلام می‌رسونه. الان سه ماه و نیمه که لندنم.

– خب کجاها رو دیدین.

- خیلی جاها. چند تا پارک، دو سه تا موزه. از همه چی برام جالب‌تر قطار زیرزمینی بود.

- از اواسط قرن نوزدهم ساختنشو شروع کردن. زندگی رو راحت کردن.

- مملکت کاپیتالیستی‌-امپریالیستی. معلومه دیگه. ما رو غارت کردن قطار کشیدن. ولی نون سنگک خودمون ازهمه چی بهتره.

- بله کاپیتالیستی‌-امپریالیستی بود ولی گمان نمی‌کنم احداث قطار زیرزمینی به اون خیلی ربط داشته باشه. راجع به نون سنگک که چه عرض کنم. حالا بگین از ایران چه خبر.

- ایران دچار تب انقلابیه. خیلی از مردم اگه ضد امپریالیستم نباشن با این رژیم جهنمی دشمنن.

- فعالیتی هم هست؟

- بعله دانشگاه شلوغه. دو سه ماه پیشم اعتصاب بود. تنها راه نجات محاصره شهرها از طریق دهاته.

- اونوکه تو سیاهکل دنبال کردن به نتیجه نرسید.

- عوضش سرتیپ فرسیو روکشتن. حالا همشون ماسسا روکیسسه کردن.

- ولی ترورکه مبارزه انقلابی نیس.

- ترورنیس. مبارزه چریکیه.

- سرتیپ فرسیو که تودهات نبود.

- البته شما که تو یه موسسه بورژوایی کار می‌کنین تعجبی نداره که از این ایرادها بگیرین.

- من حرف خودتونو تکرار کردم. به بورژوازی چه ربطی داره؟

وجیهه - مساله اینه که غیر از چهار عمل اصلی همه علوم طبقاتیه. تو دانشگاه اینگیلیسی علوم بورژوازی رو درس میدن.

سهرابی - یعنی چون من تو یه دانشگاه اینگیلیسی کار می‌کنم بورژوام؟

صادق - یعنی شما فوق طبقاتین؟

سهرابی - شما چطور. شما کجای طبقات قراردارین؟

وجیهه — همونطور که انگلس گفته ما بی‌طبقه ایم چون برا نجات پرولتاریا کار می‌کنیم.

-پرولتاریا یا دهقانا؟

صادق - فرق نمی‌کنه. همشون پرولتاریان.

-خب با این افکار شماها تو لندن چیکار می‌کنین. چرا مثلا نمیرین چین که به جای سواد بورژوایی سواد دهقانی یاد بگیرین؟ چرا نمیرین ویت نام با امپریالسم بجنگین؟

صادق - مبارزه انواع داره. هر کی اون کاری رومی کنه که فعلا براش ممکنه. تا وختی که در خدمت پرولتریا باشه نه بورژوازی. مام یه روز یه انقلاب فرهنگی مث چین خواهیم داشت.

سهرابی - انقلاب فرهنگی هم که دیروز اعلام کرد تیم پینگ پونگ آمریکا به زودی به چین می‌رود.

صادق - پینگ پونگ چه اهمیتی داره.

سهرابی - اهمیتش به اینه که نشون میده آمریکا و چین دارن به هم نزدیک میشن.

صادق - محاله. چین هرگز با آمریکا سازش نمی‌کنه.

سهرابی - خواهید دید به هرحال شما حالا خیلی جوونین آتیشتون تنده. چند سال دیگه یا مث من میشین یا پرویز نیکخواه.

صادق - خدا نکنه.

- من آنچه شرط بلاغ است با تو می‌گویم.

صادق - مادرمم همینو میگه....

- گفتم بهت که حرف زدن با این فایده نداره.

- ولی خوب کف دسسش گذاشتی: مادرمم همینو میگه.

- بسکی نصیحت صد تا یه قاز شنیدم خسسه شدم.

————————————————

دو سه ماهی گذشت و چند وقت بود که صادق وجیهه را ندیده بود چون دیگر به حوزه هم نمی‌آمد. دفعه آخر حسین جدالی گفت که با وجیهه دوستی بهش بگو اینقدر از جلسات غائب نشه. صادق گفت والله سه هفتس که خودم هم ندیدمش. هر دفه تلفن میزنم یه بهانه میاره. مجید گفت به پریروزا من با یه پسر اینگیلیسی دیدمش. تو کینگز-رود دم سینما کلاسیک داشتن تاکسی سوار میشدن. دسششون تو دست هم بود. جدالی گفت زندگی خصوصیش به خودش مربوطه ولی وظایف انقلابیشو باید انجام بده. صادق گفت زندگی خصوصیش به هر کی مربوط نباشه به من مربوطه و از خجالتش جلسه را ترک کرد.

همان شب صادق به وجیهه زنگ زد. و به محض اینکه خواست جا خالی بدهد گفت خبرت را از کینگز-رود دارم با اون پسر اینگیلیسی.

- غلط گفتن آمریکاییه.

- تو که دوستی با بچه اینگیلیسی‌ها رو خیانت میدونستی حالا با یه بچه آمریکایی رو هم ریختی؟

- اولا که بچه نیس یه جوون آمریکایی تحصیل کردس که از طرف شرکتش اومده سه ماه لندن و قراره منم باهاش برگردم به شیکاگو. ثانیا امپریالیسم دیگه بی امپریالیسم.

- آخه من بی تو چی بگم؟

- هر چی می‌خوای بگی برو به شری جونت بگو.

بوق ممتد تلفن.

"فریده جون سلام. انشالله حال واحوالت خوب باشه... وجیهه به من خیانت کرد و رفت با یه آمریکایی. من هم یک نامه بهش نوشتم و هر چی دلم خواست بهش گفتم..."

"صادق جون سلام. خیلی خیلی سر جریان وجیهه متاسفم. شری هم هنوز هیچی نشده حرف طلاق و طلاق کشیشه که البته تو ککت هم نمی‌گزد. ولی خبر خیلی بد این است که همین امروز صبح خبر حسین را آوردند. میدانی که دو ماه بود متواری شده بود. می‌گویند که در تیراندازی در یک پارک کشته شده"... *

---

* فوریه ۲۰۰۳

کمیته امام

"حزب شما حزب مچل / رهبرتون لنین کچ"

دسته‌ای که از جلو می‌آمد شعار می‌داد "اتحاد کارگره / حرف نجات کشوره".
در حدود هزار نفر با بنرهائی که بیشتر به رنگ سرخ بودند مشت‌ها را گره کرده
و با صورت‌های افروخته فریاد می‌زدند "کارگر و کشاورز / این است ندای هر
مرز". بعضی از آنها چوب‌های بزرگی دور سرشان می‌گرداندند و می‌گفتند
"آمریکای جهان خوار / دشمن خلق بیدار".

ناگهان از سر سه راه یک دسته که پرچم‌های سیاه در دست اغلبشان بود و با
دست دیگرشان زنجیرهای حلقه درشتی را تکان می‌دادند پیدا شدند و شروع به
شعار دادن کردند: "حزب فقط حزب الله / رهبر فقط روح الله". دسته
کمونیست‌ها شعار دادند "رئیس ما لنینه / اونه که برترینه". حزب اللهی‌ها گفتند:
"حزب ما حزب خدا / رهبر ما روح خدا – حزب شما حزب مچل / رهبرتون لنین
کچل". به هم که رسیدند آنها که جلوتر بودند شروع به هل دادن همدیگر کردند
و بانگ فحش‌های ناموسی برخاست.

من دیدم الان است که با چوب و زنجیر سر و مغز همدیگر را بشکنند. این بود که بدو به کوچه دست چپ پیچیدم. محله نسبتا فقیر نشینی بود. از یک دستفروش پرسیدم اینجا کجاست برادر گفت "گذر مستوفی، محله حموم خزینه هم به آن می‌گویند. شما لابد طاغوتی و شمرانی هستید". خوب شد که کراواتم را پیشتر باز کرده و در جیبم گذاشته بودم. گفتم نه برادر ما یک خانه محقر در سه راه عزیز خان داریم که از اینجا خیلی دور نیست. گفت کار و بارت چیست. گفتم معلم مدرسه‌ام. هان پس تو هم از مریدان امامی.

گفتم البته. کیست که نباشد. گفت آن کموینست‌ها کوپونیست‌های بی ناموس. گفتم آنها هم که بیشترشان به امام رای دادند. گفت حقه می‌زنند. همه شان فکل کراواتی‌های دیروزند که حالا می‌خواهند از آب این انقلاب کره بگیرند. ولی امام حواسشان جمع است و کلک نخواهند خورد. گفتم بلا نسبت بلا نسبت هفت قرآن در میان حضرت امیرالمومنین هم همینطور بودند. گفت بعله حضرت علی علیه السلام هم گول شمر و یزید را نخوردند و به همین دلیل هم فرزند نازنینشان را فرستادند تا در کربلا شهید شود و اسلام نجات پیدا کند. ای من سنه گوربان اولوم یا امام حوسین.

دیدم الانه که یک روضه مفصل بشنوم. صداهای بیرون کوچه هم خاموش شده بود. این بود که گفتم انشاالله در سرازیری قبر با سیدالشهدا محشور شوی و زدم به چاک.

به خانه که رسیدم مادرم را آشفته حال یافتم.

- مادر جان کجا بودی.

- داشتم از بازار بر می‌گشتم که برخوردم به دعوای کمونیست‌ها با حزب الله. شانس اووردم قسر در رفتم چون با چوب و زنجیر به جان هم افتادند.

- ما هم اینجا خیلی هول و تکون خوردیم.

- مگه چی شده بود.

- اصفهانی‌ها را که می‌شناسی، سه چار در پائین تراز ما؟ امروز صبح یک قلتشن دیوان درخانه شان را می‌زنند. در را که باز می‌کنند می‌گوید "کمیته". وارد می‌شود و با مسلسل دستی‌اش در را به هم می‌زند. جعفر آقا می‌گوید آقا به خدا ما طاغوتی نیستیم به انقلاب هم رای داده‌ایم.

مردک می‌گوید قسم آیه ندارد ما خبر داریم که شما یک دختر ضد انقلاب را در خانه تان قایم کرده‌اید. شکوفه را که می‌شناسی – دختر شانزده هفده ساله شان. از اطاق پشتی می‌آید بیرون و می‌گوید من تنها دختر این خانه‌ام و ضد انقلاب هم نیستم.

- آهان خودتی.

جعفر آقا و زری خانم می‌گویند آقا به خدا ما بی‌گناهیم.

- پول مول و جواهر مواهر چی دارین؟ یا الله. معطل نکنین. و تا می‌آیند صداشان را بلند کنند می‌گوید می‌خاین همین الان همه تونو به مسلسل ببندم.

- نه برادر هر چه بخواهی می‌دهیم.

خلاصه پول و جواهرات را که می‌گیرد دهن و دست پای جعفر آقا و زری خانم را می‌بندند و جلو چشمشان به شکوفه از عقب تجاوز می‌کند و د فرار.

*****

از همان روزهای اول انقلاب گروه‌های خود سری "کمیته امام" تشکیل داده بودند و تا وقتی که گروگان گیری درسفارت آمریکا حواس ملت را به کلی متوجه "لانه جاسوسی" کرد تقریباً هر کاری که می‌خواستند می‌کردند. به خانه‌های مردم حمله می‌کردند. در ادارات دولتی و شرکت‌های خصوصی عملا حاکم مطلق بودند و به وزیر و مدیر کل و مدیر عامل و رئیس اداره و غیره امر و نهی می‌کردند. همه شان مسلح بودند و نفس می‌کشیدی اسلحه را به سینه‌ات می‌گذاشتند و می‌گفتند یابو با کمیته امام طرفی. هرج و مرج مطلق!

همه شان خود سر و بی بند و بار بودند. ولی همه شان دزد و جنایتکار نبودند. بعضی ازکمیته‌ها نماز و روزه شان ترک نمی‌شد ولی طبق میل و سلیقه خود خیال می‌کردند که دارند از انقلاب حفاظت می‌کنند. بعضی دیگر مامور جریان‌های سیاسی بودند که به نام "کمیته امام" دستورهای حزبی‌شان را انجام می‌دادند. برخی دیگر دزد و غارتگر مال و ناموس بودند که با استفاده از اوضاع هر که هرکه و حسینقلی خانی به مردم بی پناهی که بیشترشان به جمهوری اسلامی رای داده بودند زور می‌گفتند و تجاوز می‌کردند.

اش انقدر شور شد که خان هم فهمید. یعنی اصحاب قدرت سرو صدای مردم را شنیدند و در نتیجه یک کمیته مرکزی به ریاست آیت الله افجه‌ای منصوب و اعلام کردند که فقط کمیته‌های مورد تأیید آن رسمیت دارند و هر کمیته‌ای هم که برای توقیف کسی می‌رود باید ورقه جلب کمیته مرکزی را نشان دهد. بسیار خوب. ولی ضمانت اجرائی وجود نداشت. مردم از کجا بدانند که یک کمیته، کمیته رسمی ست مگر به ادعای خودش. و اگر هم ورقه جلب نشان نداد چکار می‌توانستند بکنند. این بود که بلبشو تا اندازه زیادی ادامه یافت.

*****

عبد الحسین شریفی در دوره نخست وزیری دکتر علی امینی مدیر کل دخانیات بود و درست به خاطر همکاری با امینی پس از او بازنشسته‌اش کردند و دیگر به او شغل دولتی ندادند. او هم که حرفه‌اش حسابرسی بود یک دفتر خصوصی حسابرسی باز کرده بود که هم بیکار نباشد و هم درآمدی علاوه بر بازنشستگی اداری‌اش داشته باشد. وقتی که کار انقلاب بالا گرفت او که به خاطر درستکاری مغضوب شده بود همراه همسر و پسر بزرگش در تظاهرات و راه پیمائی‌ها شرکت می‌کرد و مانند میلیون‌ها نفر دیگر در رفراندوم فروردین ۵۸ به جمهوری اسلامی رای داد.

یک روز تعطیل در خرداد ماه ۵۸ زنگ خانه‌اش را زدند. در را که باز کرد خود را با سه نره خر مسلح روبرو دید.

- تو شریفی هستی؟

- بله، چه فرمایشی دارید.

- از طرف کمیته امام آمده‌ایم که تو را دستگیر کنیم.

- به چه دلیل؟

- دلیلش را بعدا خواهی فهمید.

- پس لطفاً ورقه جلبتان را به من نشان دهید.

آنکه جلوتر بود مسلسل دستی را به سینه‌اش گذاشت و گفت بیا این هم ورقه جلب.

- آخر نمی‌توانید یک آدم بی گناه را بدون مجوز توقیف کنید.

- گه زیادی نخور آقای مدیر کل، یکی تو بی گناهی یکی هم عمت.

تا شریفی آمد همسرش را صدا کند. یکی‌شان دهانش را محکم گرفت و دو تای دیگر چشمها و دستهایش را بستند و انداختند در یک ون.

*****

ماشین حرکت کرد و پس از مدتی ایستاد. شریفی را همانطور چشم بسته و کت بسته هل دادند در یک راهرو. بعد در یک اتاق را باز کردند و هلش دادند تو و بی معطلی با مشت و لگد و فحش‌های ناموسی به جانش افتادند. او داد میزد آخر نامردها من در انقلاب شرکت کردم و به جمهوری اسلامی هم رای دادم. چرا مرا می‌زنید. یکی شان گفت زن جلب تو تنها نبودی همه بچه مزلفها تو انقلاب بودند برای اینکه مشتری خوب پیدا کنند. ترا به خاطر جنایاتت در دخانیات می‌زنیم. شریفی گفت کدام جنایت. مرا به جرم درستکاری باز نشسته کردند. یکی دیگرشان گفت خوار فلان مثلا پاپوش هائی که برای مردم مظلوم می‌دوختی. کدام پاپوش؟ پدرسوخته خفه شو وگرنه بیشتر می‌زنیم.

کتک که تمام شد دستها و چشمهایش را باز کردند. خون از دماغش به شدت می‌ریخت چنانکه پیرهنش خونی شده بود و حتی کمی از شلوار تابستانی اش. تمام بدنش درد می‌کرد. گفت محض رضای خدا مرا به دستشوئی ببرید که سر و صورتم را بشورم. یکی شان گفت بیلاخ. هر سه بیرون رفتند و در را قفل کردند.

******

چند روز گذشت. شریفی که بر اثر کتک خوردن‌های گهگاهی سخت رنجور شده بود حساب شب و روز را از روزنه کوچکی که گوشه سقف اطاق بود داشت.

پنج روز می‌شد که در آن هولفدانی اسیر بود. ساعت و همه محتویات جیبش را گرفته بودند. فقط روشنائی و تاریکی را تشخیص می‌داد. اوائل صبح در باز می‌شد و یک نفر یک تکه نان با یک پیاز یا دو تا خرما یا یک هویج در یک ظرف مسی می‌آورد و بدون یک کلمه حرف بیرون می‌رفت و در را قفل می‌کرد.

هر چه شریفی می‌پرسید گناه من چیست. یا تکلیف من کی روشن خواهد شد پاسخی نمی‌گرفت. فقط یک بار یکی شان گفت اینجا می‌مانی تا بترکی. شریفی می‌گفت آخر من فشار خون دارم باید برای فشارم قرص بخورم. جواب: آره ارواح ننه‌ت. روزی یک بار هم ظهرها می‌بردندش در یک مستراح کثیف و ده دقیقه به او وقت می‌دادند. او هم با آن رژیم غذائی که داشت به بیشتر ازآن احتیاج نداشت.

******

یک روز در مطبم به هم خورد و یک مرد ژولیده سراسیمه وارد شد که آقای دکتر کمیته. فورا با من بیائید اورژانس داریم. گفتم من مریض دارم به اورژانس تلفن بزنید. گفت نه آقای دکتر دیر می‌شود، معطلش نکنید. و یقه مرا چسبید. من که حال بگو مگو و کشمکش نداشتم به پیشخدمتم گفتم از مریضها پذیرائی ‌کن تا من بیایم. وقتی به خانه رسیدیم مرا به یک اطاق محقر بردند. دیدم شریفی روی زمین افتاده و بی حال است. گفتم بروید بیرون تا من مریض را معاینه کنم.

- حالا نمی‌شود جلو ما معاینه بکنید؟

- شما از کجا آمده‌اید. مگر می‌شود مریض را جلو غریبه‌ها معاینه کرد؟

- خیلی خب آقای دکتر دستکم بگین چش شده.

- معاینه نکرده از کجا بدانم.

بیرون که رفتند فورا آستین شریفی را بالا زدم و فشار خونش را گرفتم. خیلی زیاد بالا بود. بی خود نبود که از حال رفته بود. بلافاصله از کیفم یک آمپول ضد فشار خون به او زدم. کمی بعد حالش بهتر شد. آنوقت یک آمپول تقویت به او زدم و صبر کردم تا حالش به جا آمد.

- آقای دکتر حالا می‌تونیم بیاییم تو.

- این مریض داشت از دست می‌رفت. صبر داشته باشید.

آهسته گفتم آقای شریفی شما اینجا چکار می‌کنید.

- مرا کمیته اینجا آورده و هر روز خوراک پیاز و کتک می‌خورم. شما مرا از کجا می‌شناسید؟

- شما مرا نمی‌شناسید. وقتی مدیر کل دخانیات بودید من انترن مرحوم دکتر حبیبی دکتر دخانیات بودم. حالا برای شما چه می‌توانم بکنم.

- این شماره تلفن ماست. به همسرم تلفن بزنید و نشانی این جا را به او بدهید. به او چند قرص فشار خون دادم و گفتم فعلا این‌ها را داشته باشید تا بعد.

- بفرمائید تو. بیمار شما داشت از شدت فشار خون بالا می‌مرد.

- دست شما درد نکند آقای دکتر.

- هشتصد تومن حق معالجه است.

- آقای دکتر نقد نداریم.

- بسیار خوب بعدا بفرستید مطبم بدهید به پیشخدمت.

- چشم آقای دکتر.

*****

- الو.سلام. من دکتر پورهدایت. می‌خواستم با خانم شریفی صحبت کنم.

- سلام. بفرمائید. من شریفی.

- خانم از احوال آقای شریفی خبر دارید؟

- از کجا خبر داشته باشم. شما از کمیته مرکزی تلفن می‌زنید؟

- نه خانم من طبیبم و یک ساعت پیش شوهر شما را ملاقات کردم.

- سلام آقای دکتر. زنده ست؟ حالش چه طور است؟ کجاست؟

- نگران نباشید. نیم ساعت پیش که من ایشان را دیدم حالشان بد نبود. گفتند تلفن بزنم و نشانی خانه‌ای را که در آن نگهداری می‌شوند به شما بدهم.

- کجا؟ کجا؟ شمار را به خدا آقای دکتر.

- همین الان. ولی توجه داشته باشید که آنجا ظاهرا خانه تیمی ست. بهتر است کمیته مرکزی را خبر کنید.

- آقا ما به آنجا روزی سه چهار دفعه تلفن می‌زنیم. می‌گویند ما خبر نداریم.

- بسیار خوب من از الان به آنجا تلفن می‌زنم و نتیجه را به شما می‌گویم.

- الو. کمیته مرکزی؟

- بله آقا چه فرمایشی داشتید.

- من دکتر پورهدایت. می‌خواهم با آقای آیت اله افجه‌ای صحبت کنم.

- درباره چی؟

- درباره یک خانه تیمی ظاهرا غیر رسمی. آقای عبدالحسین شریفی را آنجا توقیف کرده اند.

- گفتید آقای شریفی؟

- بله آقای شریفی.

- فورا نشانی خانه را بدهید که برویم خلاصشان کنیم.

- الو. خانم شریفی خیالتان راحت باشد. الان از طرف کمیته مرکزی می‌روند و شوهرتان را آزاد می‌کنند.

- کجاست؟ کجاست آقای دکتر؟

- صبر کنید. آنجا جای شما نیست. اگر تا یک ساعت دیگر شوهرتان نیامد به این شماره، شماره مطب من، زنگ بزنید.

******

آقای دکتر. برای شماست از کمیته مرکزی.

- اسمش را پرسیدی؟

- گفت شریفی.

- الو. آقای شریفی سلام و تبریک. چه شد که شما آنجا هستید. خانم را خبر کرده‌اید؟ بله الان در راه است. من در همان احوالی که دیدید نشسته بودم که ناگهان از بیرون اطاق صدای داد و فریاد بلند شد. تا من بجنبم در اطاق شکسته شد و سه نفر آدم مسلح گفتند آقای شریفی بفرمائید برویم. بیرون که آمدم دیدم دو نفر دیگر اسلحه پشت نگهبانانم گذاشته اند و دارند هولشان می‌دهند تو یک ون.

- آقای شریفی ما از طرف کمیته مرکزی آمده ایم. شما بفرمائید در آن ماشین شخصی.

- منزل ما در خیابان آیت الله طالقانی ست.

- نه آقای شریفی آیت الله گفتند اول برویم به کمیته مرکزی ...

- من الان در خدمت آیت اللهم.

- خب اینها که بودند.

- سه نفر گرن کلفت اجیر و مزدور بودند که با سه تا تشر و دو تا پس گردنی اقرار کردند که احمد شفیعی راد آنها را اجیر کرده بوده.

- این شفیعی راد کیست و با شما چه پدر کشتگی دارد.

- من که دخانیات بودم یک وقت متوجه شدیم که مقدار سیگارهائی که به فروشندگان توزیع می‌کنیم خیلی کمتر از تولید است. این شفیعی راد مسئول ماشین شمارش بود. تله گذاشتند و معلوم شد که او با کمک دو کارمند دیگر ژیگلور ماشین شمارش را متوقف و هزاران نخ سیگار تولید می‌کنند بدون اینکه شمرده شوند. بعدهم سیگارهای دزدی را پاکت می‌کنند و در بازار سیاه می‌فروشند. تحقیق که کردند معلوم شد که چند سال است از پیش از زمان مدیرکلی من کارشان این بوده و ثروت هنگفتی به هم زده‌اند.

خلاصه در داد گاه اداری که من رئیسش بودم محکوم و منفصل شدند. چند روز بعد به من تلفن زد و پس از مقداری بد و بیراه گفت خیالت جمع باشد بالاخره گذر پوست به دباغ خانه خواهد افتاد. گفتم بی شرف من ترا دادگاهی نکردم هم به خاطر آبروی دخانیات هم به خاطر زن و بچه‌ات حالا تو مرا تهدید به انتقام می‌کنی، که تلفن را قطع کرد.

- حالا چه می‌شود؟

- والله نمی‌دانم. آیت الله اینجا هستند. وقتی گفتم یکی را بفرستید جلبش کنند گفتند به این سادگی‌ها نیست چون شفیعی راد یکی از سران حزب دین پرستان و پیشنماز مسجد قندی‌ست و با خیلی از سران قوم هم آشناست.

گفتم خدا به ما رحم کند و گوشی را گذاشتم.

پلیس شمران و مسائل " دوستی دختر- پسری

آفتاب تازه سرش را تو اتاقم کرده بود که تلفن زنگ زد. هنوز در تختخواب دراز بودم که گوشی را برداشتم.

- هرمز جان تویی تازه چه خبر؟' نیم خیز شدم و پشتم را به پشتی تخت دادم.

- باورت نمیشه ولی من از کلانتری شمرون زنگ می‌زنم. دیشب اینجا مهمون بودم.

- باز تو شوخی کردی؟

- نه به جان پرویز، راست میگم. مگه نه جناب سروان؟ صدایی گفت "راست میگه. تا حالا که مهمون خوبی بوده.

- خب براچی افتادی تو سولدونی؟

- برا مینو.

- کدوم مینو، مینو تهرانچی؟ " و خنده کنان گفتم "نکنه شکایت کرده که چرا نمی‌گیریش.

- شوخی رو بذار کنار، موضوع جدیه.

- یعنی تو راس راس سی سی دیشب تو کلانتری خوابیدی؟

- پس چی.

در اتاق را زدند. گفتم بیاین تو. مادرم بود: چرا نمیای چاییتو بخوری؟

- داشتم میامدم. مامان هرمزه. از کلانتری زنگ می‌زنه.

- ایوای مگه چی شده؟

- میگه واسه مینو.

- مینو کیه؟هان فهمیدم! مامانش خبر داره؟

- نمیدونم بذار ببینم.

جا سیگاری شیشه‌ای را از کنار تلفن برداشت: این جا سیگاری یه پسر هیجده سالس؟

- اذیت نکن مامان. دیشب مهمون داشتم.

-کدوم کلانتری؟ این پسر بابا نداره. می‌خوای بگم بابا هوشیت به کلانتری تلفن بزنه؟

- هرمز تو هنوز گوشی رو داری؟

- آره. چرا به مامانت گفتی؟

- مامان بذا ببینم چی شده.

- خیله خب. اگه کمک می‌خواس بگو. و جا سیگاری به دست از اتاق رفت بیرون.

- آخه تورو برا چی گرفتن؟

- دیروز عصر من و مینو و فاطی و دوست بسرش رفتیم شمرون گردش. تو خیابون جعفرآباد که پرنده پر نمی‌زد یهو یه آژان از روبرو پیداش شد و یخه ما رو گرفت که شما اینجا چیکار می‌کنین؟

گفتم این خانوم خواهر منه، اون خاونومم خواهر حسین آقاست. گفت شناسنامتونو ببینم. حسین گفت آخه آژان جون آدم که شناسنامشو تو جیبش نمیذاره.

همان صدا از آن طرف تلفن گفت بسسه دیگه جمعش کن.

هرمز گفت چشم جناب سروان یه دقه.

- بالاخره آژان از بیخ عرب شد و ما رو کشید به کلانتری. شب شده بود. گفتن باید امتحان کنن که ازاله بکارت شده یا نشده. مینو و فاطی رو بردن بیمارستان قلهک مارم اینجا نیگر داشتن. همین الانه که خبرش برسه.

صدای جناب سروان آمد که خنده زنان گفت، شده. هرمز گفت شده یا نشده جناب سروان چرا اذیت می‌کنین. بازهم صدای خنده جناب سروان شنیده شد.

گفتم صبر کن الان لباس می‌پوشم میام کلانتری. گوشی را گذاشتم و بلند شدم لباس پوشیدم. رفتم تو اتاق نشیمن که چایی بخورم و بروم. پدرم که درحال خروج بود گفت جریان هرمز چیه. گفتم هیچی اونو با دوست دخترش گرفتن و پی مادر و پدراشون فرستادن.

- اون که حیوونی پدر نداره.

- بله ولی مینو داره. به علاوه با یه پسر و دختر دیگه گرفتنشون.

- اگه کمک می‌خواس منو خبر کن.

چاییم که تمام شد زدم بیرون و تاکسی گرفتم.

شوفر تاکسی گفت آقا خدا بد نده. گفتم مثل اینکه داده ولی نه برای من.

- داداشتون گیر افتاده.

- نه یکی از دوستان.

- چیکار کرده؟

- دختر بازی.

- آقا دختر بازی که جرم نیست.

- حالا که گفتن هست.

- از آجان جماعت هر چی بگین برمیاد.

- دختره رو فرستادن بیمارستان ببینن ازاله بکارت شده یا نشده.

- زکی اینا چه راننده‌هائی هسسن که دنده عقبشون کار نمی‌کنه.

خنده‌ام گرفت. گفتم حالا ببینیم.

- نه آقا باهاس جلو آجانا وایساد. ما یخه چرکی‌ها رو که تو سرمون می‌زنن ولی آقاهایی مثل شما نباهاس بهشون رو بدین.

-اونا میگن قانونو اجرا می‌کنن.

- آقا قانونو بذارین در کوزه آبشو بخورین. قانون، کدوم قانون؟ بالا تا پایین مملکتو فساد و دزدی و هیزی گرفته اونوخ یخه دوتا جوونومی‌گیرن که چرا بازی بازی می‌کنین؟

- دیدم دیگه داره سیاسی میشه و سکوت کردم.

-جوون اگر دختر بازی نکنه میره شهرنو. کدومش بدتره؟ به ولای علی اگه جوونا رو اذیت نکن در شهرنو بسسه میشه.

- آمدم حرفی بزنم که رسیدیم به کلانتری.

-آقا قابل شوما رو نداره آقا.

گفتم صاحابش قابل داره. کرایه‌اش را دادم و خداحافظی کردم. گفت امام زمون پشت و پناهتون باشه.

به کلانتری که رسیدم دیدم پدر و مادر فاطی دارند سر هرمز و حسین داد می‌زنند که شما به چه حقی با بچه ما به گردش رفتید و چه بلائی سرش آورده‌اید. مادر مینو هم آنجا بود ولی چیزی نمی‌گفت. هرمز خونسردانه لبخند می‌زد ولی حسین رنگ به رویش نداشت و قسم آیه می‌خورد. جناب سروان افسر نگهبان که ضعیف دیده بود یک اردنگ محکم به حسین زد که حسین گفت نزنین جناب سروان نزنین، ریدم تو تنبونم. پدر فاطی گفت بزنین جناب سروان بازم بزنین.

من جلو رفتم و خودم را به جناب سروان معرفی کردم و گفتم آمده‌ام هرمز را با خودم ببرم. خودش را جمع کرد و گفت شما با تیمسار گلپیرا نسبت دارید. گفتم ایشان پدر من‌اند. گفت از آشنایی با شما خوشوقتم ولی تا از بیمارستان گزارش نرسیده هرمز خان باید اینجا بماند. مادر مینو گفت هرمز جان موضوع چیه. گفت هیچی خانم تهرانچی، داشتیم تو شمرون گردش می‌کردیم که بی جهت ما رو گرفتن آوردن اینجا. مادر مینو گفت کجا گردش می‌کردین. "همین تو خیابون".

جناب سروان گفت خدا میدونه که پیش از اون کجا بودن و با هم چی کار می‌کردن. هرمز گفت هیچی فقط یه بوس کوچولو. و زد زیر خنده.

جناب سروان داشت کوک می‌شد که در باز شد و دخترها با دو پاسبان وارد شدند. حسین گفت فاطی جون، جون من بگو ما کاری نکردیم. مادر فاطی گفت چی چی رو کاری نکردین رفیقت میگه ماچ کردین. فاطی خاک بر سرت این چه کاری بود کردی. با این پسره اجنبوتی چیکار داشتی. حسین گفت به خدا من نکردم. هرمز گفت خانم جون یه بوس که اینقده سر و صدا نداره. حالا ازاله بکارت شده یا نشده. اگر شده باشه هم کار یه نفر دیگس. مادر مینو گفت هرمز یه دقه ساکت باش. گروهبان جلو آمد و یک پاکت به دست جناب سروان داد و گفت آقای دکتر ثمربخش دادن. جناب سروان کاغذی را از داخل پاکت در آورد و با طمانینه شروع به خواندن کرد.

"جناب سرهنگ حمیدی ریاست محترم کلانتری تجریش. دیروز عصر ساعت شش و ده دقیقه..." و حکایت درازی از جزئیات بیهوده. و هنوز به اصل مطلب نرسیده بود که هرمز گفت جناب سروان لفتش ندین ببینین میگه شده یا نشده. جناب سروان گفت آقا جون یک کمی روتو کم کن. وادامه داد. بیست دقیقه طول کشید تا بالاخره برسد به آنجا که "نتیجه آزمایش منفی بود". "هورا!" هرمز بود: "من که از دیشب تا حالا گفتم نشده. خب حالا ولمون کنین بریم." "چی چی رو ولمون کنین من از این پسره شیکایت دارم. آبرو و حیثیت واسه ما نذاشته". پدرفاطی به حسین اشاره می‌کرد. "حاج آقا به خدا پشیمونم غلط کردم".

"تمام وقت دخترها ساکت بودند. جز اینکه مینو خونسرد پیش مادرش ایستاده بود ولی فاطی حالت خفت و سرافکندگی داشت و اشک در چشمانش حلقه زده بود.

مادر مینو گفت جناب سروان اگر دیگر با ما کاری ندارید بگذارید برویم.

– نه خانم با شما کاری نداریم فقط هرمز خان باید تعهد نامه بدهد و البته حسین آقا.

مادر مینو گفت دخترم بیا بریم. مینو گفت می‌خوام بدونم چه تعهدی می‌خوان از هرمز بگیرن. جناب سروان: هیچی همین که بنویسه دیگه مزاحم شما نمیشه. مینو: هرمز مزاحم من نیس.

مادر مینو گفت هرمز تو هم بیا بریم. من گفتم جناب سروان کسی از هرمز شکایت نداره برای چی تعهد بده. جناب سروان گفت وظیفه ما اینه که در اینگونه مورد تعهد بگیریم. دسس من نیست.

پدر فاطی گفت همین؟ تعهد بگیریم. من از این پسره شیکایت دارم. به حسین اشاره می‌کرد. جناب سروان گفت شکایت چی؟ "شیکایت اینکه با دخترم بی ناموسی کرده و آبروی ما رو برده." جناب سروان گفت شما که گزارش بیمارستان را شنیدید. "همین؟ که ازاله بکارت نشده. پس کثافتکاری چی؟" جناب سروان گفت ما نمی‌تونیم برای آبرو ریزی کسی رو توقیف کنیم. حسین آقا کار خلاف قانونی نکرده. شما دخترتونو تربیت کنین. من گفتم جناب سروان ما می‌خایم بریم. جناب سروان: "هرمز خان یه تعهد نامه بنویس که دیگه مزاحم مینو خانم نمی‌شی". گفتم هرمز جون دو کلمه بنویس بذار بریم پی کارمون. الانه که دعوای ناموسی شروع بشه. پدر فاطی گفت آقا شما چیکاره‌ئین؟ جواب ندادم. هرمز داشت تعهد نامه می‌نوشت، که یکهو بابای فاطی کوس بست طرف حسین با مشت و لگد که "حالا که پلیس تنبیهت نمی‌کنه من خودم می‌کنم".

فاطی جیغ کشید و گریه‌کنان گفت آقا جون نزنین ما کاری نکردیم. پاسبان رفت جلو. جناب سروان گفت آقا من احساسات شما رو می‌فهمم ولی اگه به این کار

ادامه بدین مجبور می‌شیم خودتونو توقیف کنیم. حسین گفت جناب سروان من می‌نویسم که خوردم، غلط کردم.

هرمز کاغذ را به جناب سروان داد که نگاه سریعی به آن انداخت و گفت خیله خب برو پی کارت.

با هرمز و مینو و مادرش که از کلانتری بیرون آمدیم مادر مینو گفت ما باید بریم خونه به بابابش تلفن بزنم. خدافظ. خدافظ.

با هرمز تاکسی گرفتیم و رفتیم کافه قنادی بامداد تو خیابون پهلوی، بالاتر از چهارراه امیراکرم. دوتا کافه گلاسه سفارش کردیم. گفتم هرمز باید از سیر تا پیاز بگی چی شد. این بار جستی ولی مواظب خودت باش. گفت بیخ خیالش. تا دنده عقب کار می‌کنه خطر نداره. و زد زیر خنده.*

---

* ژوییه ۲۰۲۲

علیرضا گرجی و توران خانم

کیخسرو چاکری گفت حق با گرجی ست. همه می‌دانند که ملکی نوکر دربار است. حالا می‌خواهد که بازهم در جبهه ملی نفوذ و آن را از داخل منفجر کند. ضیاء صادقی گفت اولا حرف دهنت را بفهم. ثانیا دلیلش چیست.

ـ صد تا دلیل بیشتر می‌شود، فقط یکی اینکه ملکی دو بار با شاه ملاقات کرده است.

ـ خب ملاقات کرده باشد. که چی؟

ـ شاه نوکر انگلیس و آمریکاست. دشمن دکتر مصدق و جبهه ملی ست. واضح است که ملکی هم وردست اوست.

ـ اولا هر دوبار این شاه بود که ملکی را به ملاقات با خود دعوت کرد. ملکی هم رفت که ببیند حرف حسابش چیست. مگر شاه شپش دارد؟

- این حرف که چرند است ولی گرجی پیش از ۲۸ مرداد کشف کرده بود که ملکی خیانتکار است.

- خیانت ملکی چه بود؟

- ملکی با رفراندم دکتر مصدق برای بستن مجلس انگلیسی مخالفت کرده بود.

- این همان مجلسی بود که مرتبا به مصدق رای اعتماد می‌داد. ملکی به مصدق گفت که اگر مجلس را ببندد شاه می‌تواند او را با یک فرمان عزل کند. و همینطور هم شد.

- این حرف هم مزخرف است. همانطور که سعید مجازی می‌گوید کودتا و شکست مصدق اجتناب ناپذیر بود.

صادقی از جا در رفت و گفت مجازی گه می‌خورد. تمام فتنه‌ها زیر سر خودش است. او بود که از عشق دیوانه وار گرجی به توران پیر کریمی استفاده کرد و گرجی را به سوء ظن به ملکی وا داشت. برو از جوان‌های آن دوره بپرس. هوشنگ ثابت لو می‌گفت تو اغذیه فروشی که می‌رفتیم گرجی اغلب بطری را تو دستش فشار می‌داد و در حالی که اشک تو چشمهاش حلقه زده بود می‌گفت توران جون، توران جون!

چاکری گفت: مگر پیر کریمی معشوق ملکی بود؟

در اینجا در باز و ثابت لو وارد اتاق شد.

صادقی گفت هوشنگ جان تو جواب چاکری را بده. تو که از اول تا آخر شاهد و ناظر حوادث بودی.

- مگر چه شده؟

- هیچی، این آقای چاکری از قول گرجی به ملکی تهمت می‌زد. من هم داستان عشق گرجی و توطئه مجازی را مطرح کردم. حالا می‌گوید مگر توران خانم معشوق ملکی بود!

- توران پیر کریمی معشوق هیچ کس نبود. خیلی هم به خوشگلی و با هوشی خودش می‌نازید. فقط شیفته آل احمد بود که او هم با زنش سیمین عاشق و معشوق بودند.

چاکری: این یک حرف جدید است.

ثابت لو: این داستان کهنه‌ای است. برای شما جدید است. ما که از حزب توده انشعاب کردیم در میان جوان‌ها از همه بیشتر گرجی به ملکی نزدیک بود، با یک حالت شیفتگی و مرید و مرادی. من و نادر پور هژده سالمان بود و از همه انشعابیون جوان‌تر بودیم. جلال هم به ملکی نزدیک بود ولی نه به اندازه گرجی. آن وقت از توران خبری نبود. او بعد از مدتی که ما زحمتکشان را با بقائی تشکیل داده بودیم به ما پیوست و از همان روز اول چشمش دنبال جلال بود.

چاکری: البته من به جلال اخلاص دارم. ولی حساب او با ملکی جداست.

صادقی: این را به خود جلال بگو که سرسپرده ملکی‌ست.

ثابت لو: حرف تو حرف شد. موضوع جلال و ملکی نبود. البته در این که جلال سر سپرده ملکی‌ست تردیدی نمی‌توان کرد. ولی گفتم که توران شیفته جلال شده بود چون بلند قد و خوش تیپ بود، خوب حرف می‌زد و خوب چیز می‌نوشت. مخصوصا طنز سیاسیش در ستون "کند و کاو روزنامه‌ها" که با امضاء کند و کاوچی می‌نوشت تو حزب خیلی محبوب بود. هر وقت جلال سخنرانی داشت توران در ردیف اول می‌نشست و تو چشمش زل می‌زد.

خوب به یاد دارم که در جلسه فعالین حزب که بقایی مخالفت خود را با مصدق آشکار کرد ملکی هر چه انعطاف و ملایمت نشان داد بقائی قرص و محکم سر حرفش ایستاد که یا من یا مصدق! بعد چند نفر از فعالین بلند شدند و به بقائی اصرار و التماس کردند که دست از لجاجت بردارد و یکی از آنها توران بود. و در آن زمان‌ها یک دختر ۲۱ ساله باید خیلی جرات می‌داشت که بایست وبا بقائی طرف شود.

خلاصه جلسه به هم خورد و چنانکه می‌دانید بقائی از حزب انشعاب کرد.

چاکری: تا آنجا که ما می‌دانیم انشعابچی ملکی بود.

ثابت لو: آقای چاکری شما اگر توده‌ای بودید من از کینه‌ای که به ملکی می‌ورزید تعجب نمی‌کردم. نکند عاشق گرجی شده‌اید؟

چاکری: بر عکس ظاهرا این شمایید که عاشق ملکی هستید....

صادقی حرفش را قطع کرد و گفت لجبازی را کنار بگذار و اجازه بده حرف یک شاهد دست اول را بشنویم.

ثابت لو دنبال حرفش را گرفت: این اتفاق که افتاد روحیه‌ها خراب شد، مخصوصا روحیه بعضی از انشعابیون سابق حزب توده مانند گرجی و ناصر وثوقی - ولی نه ملکی و آل احمد.

فردا شب حیاط خانه ملکی غلغله بود. گرجی و وثوقی ویکی دو نفر دیگر از اعضائ کمیته مرکزی می‌گفتند ما یک بار به حزب توده رفتیم و شکست خوردیم. بعد با بقائی وارد گود شدیم و بازهم شکست خوردیم. پس بهتر است که بساطمان را جمع کنیم و برویم پی کارمان. شماها هم برگردید و با بقائی کار کنید. ملکی گفت هر چه جوانان بخواهند.

در اینجا جلال که او هم عضو کمیته مرکزی بود بلند شد ایستاد و گفت چرا آیه یاس می‌خوانید. طوری نشده. بقائی ما را گیر کرده بود که بزند به هرچه نه بدترش. گور پدرش. رفت که رفت. مگر دست ما چلاق است. بقائی کسی نبود. و همینطور که حرف می‌زد باید چهره توران پیرکریمی را می‌دیدید که انگار دارد برای جلال غش می‌کند... باری همین شد که خودمان را " نیروی سوم" نامیدیم.

٭

اما عشق آتشین گرجی به توران پیرکریمی وقتی بالا گرفت که در حزب "سازمان زنان پیشرو" را تشکیل دادیم که به پیشنهاد ملکی گرجی مسئولش شد و من و امیر پیشداد و حسین ملک هم گویندگانش بودیم.

جوری که گرجی تو جلسات جلو توران دولا راست می‌شد شرم آور بود. توران هم سفت و سخت برا ش طاقچه بالا گذاشته و رفتارش با او تقریبا تحقیر آمیز بود. بالاخره گرجی دست به دامن ملکی شد که شما با توران خانم صحبت کنید. من همه جوری راضی‌ام. هر شرطی بگذارد می‌پذیرم. ولی آقای ملکی مهر او دارد مرا می‌کشد. به دادم برسید. صبیحه خانم همسر ملکی شاهد بود و می‌گفت اشک در چشمان گرجی حلقه زده بود.

ملکی گفت بسیار خوب من با توران صحبت می‌کنم. چند روز بعد ملکی گرجی را صدا زد و گفت پسرم من شرحی از سواد و صفات خوب تو برایش گفتم و اینکه اگر شما با هم ازدواج کنید من خودم برایتان مهمانی می‌دهم. ولی توران گفت من به آقای گرجی احترام می‌گذارم ولی اصلا در فکر ازدواج نیستم.

گرجی داشت کارش به جنون می‌کشید و اینجا بود که مجازی نامرد فرصت را مناسب دید.

چاکری: شما چون با مجازی بدید او را نامرد می‌خوانید.

ثابت لو: شما سعید خان مجازی را نمی‌شناسید که چه مارمولکی‌ست. پدرش از نزدیکان سید ضیاء بود و من یقین دارم که او در حزب ما نفوذی سید ضیائی‌ها بود. خلاصه این بی شرف رفت تو جلد گرجی که احمق ملکی دروغ می‌گوید. من خبر دارم که او و زنش می‌خواهند توران را برای حسین ملک (که از جانب مادر برادر ملکی بود) بگیرند. وثوقی را هم مامور اجرای این نقشه کرده اند. نمی‌بینی وثوقی چه جوری با توران گرم می‌گیرد بی آنکه دنبال او باشد؟

*

گرجی آدم با سوادی بود. آدم بدی هم نبود. ولی سخت رمانتیک و احساساتی بود و حالا عشق توران عقل از سرش پرانده بود. این بود که کینه ملکی و وثوقی را به دل گرفت و چون می‌دانست که توران شیفته جلال است با آل احمد هم دشمن شده بود. البته او یک سرو گردن از مجازی بزرگ‌تر بود و حرفش در رو داشت و به همین دلیل مجازی می‌خواست رسالت خود را با دست او انجام دهد و بالاخره هم موفق شد.

در وهله اول گرجی را وسوسه کرد که برای وثوقی پاپوش بدوزد. گرجی هم منتظر فرصت شد تا اینکه وثوقی یک کتاب سیاسی کاملا بی آزار منتشر کرد. ظرف چند روز گرجی پیش ملکی رفت و گفت که ناصر وثوقی با این کتابش آبروی حزب را ریخته و باید در کمیته مرکزی محاکمه شود. ملکی که به کلی از ریشه ماجرا بی خبر بود گفت من کتابش را نخوانده‌ام ولی اگر شما انتقادی به آن دارید در جلسه بعدی کمیته مرکزی با خودش مطرح کنید. من در آن جلسه شرکت نخواهم کرد که شما راحت اختلافاتتان را رفع کنید.

اما گرجی و مجازی کمر قتل وثوقی را بسته بودند و پس از " محاکمه " با داد و فریاد به وثوقی گفتند که دیگر به حزب نیاید. جلال درآن جلسه سخت از

وثوقی دفاع کرده و به قهر جلسه را ترک کرده بود. و از آن پس هر وقت می‌خواست از گرجی نام ببرد می‌گفت "آن سنده پشمالو". از سوی دیگر مجازی به وثوقی گفته بود که ما دستور ملکی را اجرا کردیم. ندیدی خودش قایم شده بود و به جلسه نیامد. در نتیجه وثوقی تا زنده بود با ملکی دشمنی کرد.

صادقی: بعدش هم که مساله به کلی سیاسی شد.

ثاقبی: بعله این تازه اول کار بود. در فروردین ۳۲ یک ماه پس از ۹ اسفند شاه علم را پیش ملکی فرستاد که اعلیحضرت مشتاق ملاقات با شما هستند. ملکی گفته بود من بعد ازمشورت به شما پاسخ خواهم داد. اول موضوع را در کمیته مرکزی مطرح کرده بود و آنها به اتفاق آراء ملاقات ملکی را با شاه تصویب کرده بودند. سپس ملکی با تلفن نظر مصدق را خواسته بود و او گفته بود حتما بروید ببینید که چه می‌گوید.

ملکی هم با شاه ملاقات کرده بود و گزارش آن را به کمیته مرکزی و مصدق داده بود. من عضو کمیته مرکزی نبودم و در نتیجه شرح گزارش را نمی‌دانم ولی می‌دانم که هیچ اختلافی پیش نیامده بود. مجازی اما آتوی تازه‌ای به دستش افتاده بود که پشت سر ملکی گرجی را وسوسه کند که ملکی دروغ می‌گوید. او از دربار پول گرفته که مصدق و نهضت ملی را حراج کند. این وسوسه وقتی موثر شد که موضوع رفراندم پیش آمد. همانطور که می‌دانید ملکی سخت با رفراندم مخالفت کرده بود....

چاکری: بعله به مصدق گفته بود راهی که شما می‌روید به جهنم است....

ثابت لو: بله اما دنبالش گفته بود " ولی ما تا جهنم دنبال شما خواهیم آمد ". وهر دو حرفش درست از آب در آمد – هم آن راه به جهنم کشید و هم ملکی تا جهنم با مصدق رفت.

ولی گرجی رمانتیک و احساساتی شروع به چپ روی کرد و شعار توده ای‌ها را تکرار می‌کرد که "ما کودتا را به ضد کودتا تبدیل خواهیم کرد". با این وصف کار به برخورد نکشید چون ملکی می‌گفت گرجی حق دارد نظرش را بگوید گرچه اشتباه می‌کند. و وقتی که کودتای ۲۵ مرداد لو رفت گرجی دیگر به رغم ملکی به سیم آخر زد و چون روزنامه نیروی سوم، ارگان حزب، به دستش افتاده بود تو روز نامه شلتاق می‌کرد. تا جایی که در شماره صبح ۲۸ مرداد سر خط درشت زد "این هم از محمدرضا شاه خائن"!

چاکری: خب حرف درستی زد.

ثابت لو: آقای چاکری من دیگر با شما عرضی ندارم. و بلافاصله به صادقی گفت ضیاء بیا برویم آبجو بخوریم.

٭

این گفتگو در سال ۳۹ یعنی هفت سال پس از ۲۸ مرداد و دو سه ماهی بعد از تشکیل جبهه ملی دوم که گرجی و مجازی از جمله اعضاء شورای عالی آن بودند صورت گرفت. اما به دنبال شرحی که ثابت لو داده بود وقتی کودتا شد ملکی بلافاصله مخفی شده بود و از مخفی گاه خود نامه سر گشاده‌ای خطاب به اعضاء حزب نیروی سوم و ملت ایران در چند صفحه منتشر کرده و خلاصه‌اش این بود که نباید نا امید شد و نهضت ملی ایران ادامه خواهد یافت.

مجازی به دروغ تبلیغ کرده بود که این اعلامیه حزب نیروی سوم بود که ما با انتشارش مخالفت کردیم ولی ملکی سر خود آن را منتشر کرد: ببینید ملکی ننوشته کودتای ۲۸ مرداد فقط نوشته ۲۸ مرداد. این دلیل خیانت اوست !

حال آنکه چنانکه گفتیم این نامه سرگشاده شخص ملکی بود که با امضاء شخص خود از مخفی گاهش منتشر کرده بود که اصلا هیچ کس دیگر جز

همسرش با او تماس نداشت و دو هفته بعد از آن هم دستگیر و به زندان فلک الافلک در خرم آباد منتقل شد. به علاوه تاریخ این نامه اول شهریور ۳۲ ست یعنی دو سه روز پس از کودتا، نه یک ماه بعد که عده‌ای اصطلاح کودتای ۲۸ مرداد را به کار بردند.

باری گرجی و مجازی در حزب اعلام کردند که ملکی خائن است و باید بلافاصله اخراج شود. دیگران می‌گفتند ملکی در زندان است. بعد از اینکه آزاد شد شما هر انتقادی از او دارید بکنید و او هم از خود دفاع کند تا به نتیجه قطعی برسیم. اما آن دو نفر و هفت هشت نفری ـ از جمله اطمینانی، بافقی، امری، سمندری، زارع یزدی، تختی، سکاکی ـ که از آنها پیروی می‌کردند می‌گفتند نه ملکی همین الان باید اخراج شود! و آتش خشم گرجی وقتی زبانه کشید که توران پیرکریمی ایستاد و گفت آقای گرجی، آقای مجازی، من صد نفر مثل شما را به ملکی و آل احمد نمی‌فروشم. باری به این ترتیب حزب نیروی سوم که تا آن زمان مرتبا حوزه‌هایش مخفیانه تشکیل می‌شد از هم پاشید.

❋

ضیاء صدقی می‌گفت یک سال بعد که ملکی از زندان آزاد شد گروه کوچکی از سران و فعالان نیروی سوم در یک نشست ملکی را با گرجی و مجازی مواجهه دادن. آنها همان حرفهای را تکرار کردند ولی گرجی که دور برداشته بود ناگهان پرید به ملکی که شما از شاه پول گرفته‌اید. حسین ملک گفت خجالت بکش. گرجی گفت تو هم پول گرفته‌ای. ملکی گفت تف به روت بیا. و به این ترتیب مجلس با قهر و خشونت پایان یافت.

درآن هفت سال نه گرجی نه مجازی حتی یک روز به زندان نیفتادند ولی حالا جلو افتاده و خود را عضو شورای جبهه ملی دوم کرده بودند.

❋

در همان اوائل تشکیل جبهه دوم یکی دو سه تن از اعضا ء ارشد شورا مانند دکتر صدیقی و اللهیار صالح و دکتر سنجابی موضوع دعوت از نماینده نیروی سوم که طبعا ملکی می‌بود را مطرح کرده بودند. گرجی و مجازی گفته بودند که ملکی قابل اعتماد نیست و جبهه را تحویل رژیم خواهد داد.

بعد هم زرنگی - در واقع حقه بازی - بزرگی کردند. همان روزها اعلامیه‌ای با امضاء گرجی "از طرف حزب لیبرال" منتشر شد به این شرح که دلیل شکست نهضت ملی در زمان مصدق این بود که یک سازمان واحد پشتیبان او نبود. بنابراین ما "حزب لیبرال" را منحل می‌کنیم و به جبهه دوم می‌پیوندیم و همه احزاب ملی - به ا صطلاح مارکسیست-لنینیست‌ها: بخوان نیروی سوم - باید خود را در جبهه منحل کنند.

شارلاتنیسم عجیبی بود. اولا "حزب لیبرال" یعنی گرجی و مجازی و ده دوزاده تا نیروی سومی سابق که از آنها پیروی می‌کردند اصلا و ابدا هرگز تشکیل نشده بود. شما فقط یک اعلامیه چهار خطی پیدا کنید که پیش از این منتشر شده و تشکیل "حزب لیبرال" را اعلام کرده باشد. ثانیا اصلا جبهه - هر جبهه‌ای - به معنای اتلاف چند سازمان با هم است نه یک سازمان واحد.

اما حرفشان گرفت. چون حزب ایرانی‌ها می‌خواستند که جبهه را عملا به حزب خودشان محدود کنند. آنها نه حزب ایران را تعطیل کردند و نه می‌خواستند بکنند: "همه خودشان را در ما منحل کنند!". از سوی دیگر شاخه جبهه ملی در اروپا با جان و دل این تز را پذیرفت. چون - برادران چاکری، مهران فراتی، حسین ماسوله‌ای، محمود فراستی، ابد الأحد تقی زاده و غیره - خودشان عضو هیچ حزبی نبودند. بنابراین می‌خواستند که خودشان رئیس باشند (اگر چه تقی زاده خودش گرجی چی بود).

شاپور اختیار هم به یاری آنها آمد. او با ملکی دو مساله اساسی داشت. یکی اینکه اگر ملکی به شورا بیاید با لیاقت سیاسی‌ای که دارد او را به کوچک ابدالش تبدیل کند. دیگر اینکه آمدن ملکی به شورا در حکم رو گرداندن توده‌ای‌ها از جبهه بود که اختیار از همان زمان مصدق با آنها همکاری می‌کرد. این بود که وقتی دعوت از ملکی مطرح شد و گرجی و مجازی به مخالفت برخاستند اختیار گفت بله ملکی انشعابچی‌ست. "خلیل از ملکی انشعاب می‌کند". بعد از او هم ابراهیم کریم آبادی عضو سابق فدائیان اسلام و رئیس صنف قهوه‌چی‌های تهران و یکی دو نفر دیگر. و رهبران ارشد هم که بیشتر شان سخت وجیه‌اللمله بودند و حال و حوصله جر و بحث نداشتند گفتند "بسیار خوب موضوع را مسکوت بگذاریم"!

در نتیجه گرجی و مجازی که تنها کادرهای سیاسی ورزیده جبهه دوم بودند عملا جبهه را در دست گرفتند: گرجی مسئول تعلیمات و مجازی مسئول تشکیلات!

هوشنگ ملاح پور: کاری که این دو تن در آن دو سه سال کردند شاهکار بود. در انتخابات برای تنها کنگره جبهه دوم تقلب کردند. جلو ملکی و نیروی سوم را گرفتند و به آنها باز هم تهمت زدند. بازرگان و نهضت آزادی را از جبهه راندند. فروهر و حزب ملت ایرانش را رویگردان کردند. دانشجویان دانشگاه را خشمگین کردند و به عصیان کشیدند....

ثابت لو: و دست آخر فریاد مصدق را که از تبعید احمد آباد نگران حوادث بود بلند کردند که در سه نامه‌اش به شورای جبهه و شاخه آن در اروپا جبهه را محکوم کرد و آن دو نفر را (بدون ذکر نام) "از ما بهتران" یعنی ساواکی خواند.

صادقی: به این ترتیب جبهه در ایران پاشید و بیشتر اعضایش در اروپا و آمریکا مارکسیست-لنینیست شدند.

دکتر پروین افتخاری گفت: من در همه جریان نبودم. عاقبت از ما بهتران چه شد.

ثابت لو: مجازی به مشروطه‌اش رسید و دست آخر قائم مقام علینقی میرزا فرمانفرمائیان رئیس و مدیر عامل بانک بزرگ دولتی اعتبارات صنعتی شد با حقوق و مزایای کلان.

افتخاری: گرجی چی. او که جاسوس نبود؟ یا بود؟

ثابت لو: نه جاسوس نبود ولی به رغم هوش و سوادش بد جوری رو دست خورده بود: از اینجا رانده از آنجا مانده. ناچار خودش را سر به نیست کرد.

دختر تیمسار

منیژه دختری مهربان و نسبتا زیبا بود. دختر اول یک تیمسار درستکار ولی نه چندان با فهم و هوش، در خانواده‌ای سنتی که ازجمله طلاق گرفتن را شرم‌آور می‌دانستند. مادر بزرگ زیبا ولی خنگ و خود خواه و بی‌کاره‌ای داشت که با آنها زندگی می‌کرد. در آستانه بلوغ گلویش پیش مصدر پدرش (یعنی سربازی که به حکم ارتش نوکر بی‌جیره و مواجب آنها بود) گیر کرد.

علیممد یک پسر بیست و یک ساله مودب و خوش سیمای روستائی بود که نظام وظیفه او را برای سربازی به زور از خانواده‌اش جدا کرده و به پادگان عشرت آباد تهران کَشانده بود: "یقلوی به دس‌اش پرمگس!". بیچاره مثل سایر سربازان وظیفه که از روستاها به شهر می‌کشاندند غریب و هاج و واج بود و از فرماندهان سبیل کلفتش سخت می‌ترسید چون بعضی از آنها انتظارات جنسی خود را آشکارا ولی با ایماء و اشاره به او نشان می‌دادند. هفت روز در هفته بیگاری به علاوه

هول و هراس که یک شب یکی از آنها یقه‌اش را بگیرد. و دست آخر هم ترسش به حقیقت پیوست.

یک روز افسر نگهبان سروان خوشنویس او را صدا زد و گفت پسر ساعت شش بعد از ظهر بیا اطاق من کارت دارم. "چشم جناب سروان".

– سلام جناب سروان. امری فرمایشی داشتین.

– آزاد. چند سالته، اهل کجائی؟

– همین روزا میرم تو بیس سال. اهل سروستانم، سروستان فارس جناب سروان.

– نزدیک شیراز؟

– جناب سروان تا شیراز دو ساعت راس.

– با الاغ یا اتوبوس؟

– جناب سروان با مال چار پن ساعت میشه.

– از کدوم خانواری. کارشون چیه؟

– جناب سروان زراعت. آقام نسق چهار پنج طناب زمینو داره با یه جفت گاو.

– پس وعضتون بد نیس.

– نه جناب سراوان، البته میون رعیتا.

– چن کلاس درس خوندی؟

– سه کلاس جناب سروان. بعد آقام گفت باید بشی وردسس من که کار یاد بگیری. البته همون موقم کار خونه می‌کردم. مرغ و خروسو این چیزا.

– زن داری؟

- نه هنوزجناب سروان. با دخترخالم شیرینی خورده بودیم که منو اووردن اینجا.

- با کسی کاری کرده‌ی.

- ایوای جناب سراوان مگه تو ده ازین کارا میشه کرد؟

- از عقب چطور؟

- جناب سروان من پاک پاکم.

- پسر به این خوشگلی؟ خب چطوره حالا یه خورده کثیف شی؟

- ینی چی جناب سروان؟

- مگه تو بی شعوری؟

- نه جناب سروان. دهاتی‌ام.

- من از تو خوشم میاد. امشب میگم یه ساعت پیش از شیپور خواب تو رو بفرسسن پیش من با هم حال کنیم.

- آخه چته پسر، چی شده؟ سه روزه که گریه ت بند نیومده. اگه اینجوری ادامه بدی دو سه روز حبست می‌کنیم تا صداتو ببریم.

- ...سرکار استوارمی خوام بمیرم. می‌خوام خودکشی کنم.

- آخه چرا مگه چی شده؟

- سرکارچی بگم ناموسمو به باد دادن.

- ینی چی، کی ناموستو به باد داده؟

- سه شب پیش که منو فرسادین پیش جناب سروان خوشنویس. منو به زور...
و های‌های گریه.

- خودت حالیته که چی داری میگی؟ داری یکی ازافسران ارشد این پادگانو به
یه جرم سنگینی متهم می‌کنی.

- سرکار، به حضرت عباس، به این شاه چراغ، به هرچی ایمون دارین راس
میگم. آخه کی میاد با دروغ گفتن اینجوری آبرو خودشو بریزه؟

- خب حالا که این طوره می‌خوای به فرمانده گروهان گزارش بدم؟ ممکنه
برات بد شه.

- سرکار از این بدتر نمی‌شه. حاضرم نیست و نابود بشم. دیگه چیزی برام نمونده.

- خیله خب من گزارش میدم و برات دعا می‌کنم.

- علیممد این مزخرفات چیه تحویل استوار رضائی داده ی؟ میدونی چه مجازاتی
داره؟ مگه هر بچه دهاتی میتونه به یه افسر ارتش تهمت ناموسی بزنه؟

- حناب سروان [به ستوان‌ها هم سروان می‌گفتند] خدا ذلیلم کنه اگه دروغ گفته
باشم. من زندگیم تموم شده.

- خب حالا بگو وقتی رفتی تو اطاق جناب سروان خوشنویس چه اتفاقی افتاد
- از سیر تا پیاز.

- مگه میشه جناب سروان؟ من چطو میتونم از سیر تا پیاز به شما بگم؟

- ببین پسر تو یه غلطی کردی باید پاش وایسی، وگرنه وای به حالت. تا نگی دقیقا جناب سروان چیکار کرده که کسی حرفتو باور نمی‌کنه.

- چشم جناب سروان ولی من فقط حاضرم به جناب سرهنگ فرمانده کل پادگان همه چی رو بگم.

- به مگه جناب سرهنگ بیکاره که به قزعبلات تو گوش بده.

- پس قربان بگین یه گوله تو مغزم بزنن نجاتم بدن. و گرنه پس فردا دوباره سروان خوشنویس می‌فرسسه پی ام. بعدشم یه افسر دیگه...

- خیله خب تو حالا برو، گریه زاریتم بذار کنار، خبرت می‌کنم. نترس دیگه اتفاق نمی‌افته.

ستوان یکم پایدار از سرهنگ هاشمی فرمانده پادگان وقت گرفت و عینا داستان را به او گفت. هاشمی چند لحظه تو فکر فرو رفت و بعد گفت پایدار تو چی فکر می‌کنی. پایدار گفت جناب سرهنگ راسسش من گمان می‌کنم راس میگه چون شنیدهم که سروان خوشنویس تو پادگان قبلی‌شم یه همچی حرفایی دربارش می‌گفتن.

- راسسی؟

- جناب سرهنگ من اینطور شنیدهم ولی نمیتونم قسم بخورم.

- خیله خب بسره رو بفرس پیش من. فردا ۲ بعدازظهر.

فردا علیممد دراتاق جناب سرهنگ را زد و وارد شد و در حالی که سلام می‌داد میخکوب ایستاد. سرهنگ کمی وراندازش کرد و زیر لب به خود گفت حرومزاده

سلیقه‌ش بد نیست. بعد هم بدون هیچ تشریفاتی از سرباز خواست که "از سیر تا پیاز" کل ماجرا را برایش بگوید. او هم یک ربع تمام در حالیکه از چشمهایش به جای اشک خون می‌چکید دلش را خالی کرد. سرهنگ دو سه تا دستمال کاغذی از روی میزش برداشت و داد دستش.

- پسر جان برو و نترس. جناب سروان خوشنویس چند روز دیگر باز افسر نگهبان می‌شود. من به جناب سروان پایدار می‌گویم که به استوارتان بگوید اگر خوشنویس باز ترا خواست ما را خبر کند. در این صورت با خیال راحت برو اتاق خوشنویس. طوری نمی‌شود.

- به به از این پسر خوشگل. حالت چطوره. اون دفه دفه اولت بود یک کمی برات سخت بود. ولی حالا خواهی دید که اگه مقاومت نکنی خوشتم میاد. بکن دیگه معطلش نکن. علیممد همینطورساکت ایستاده بود.

- مگه نشنیدی؟ گفتم بککن. یاللا معطلش نکن دیگه.

- سکوت.

- این دفم می‌خوای چکماليت کنم تا بککنی؟

ناگهان تلفن زنگ زد.

- سروان خوشنویس حرفاتو شنیدم. سرباز و مرخص کن و فردا بیا اینجا کارت دارم. سرهنگ هاشمی بود. فردا هاشمی آنچه از آن بدتر نبود و نیست به خوشنویس گفت که همینطور ایستاده در حال سلام می‌گفت بله قربان، بله قربان، بله قربان. هاشمی گفت تف سر بالاس. فعلا یه هفته مرخصی تا یه

فکری برات بکنم. خوشنویس گفت چشم جناب سرهنگ. و اتاق را ترک کرد. بعد هاشمی گوشی تلفن را برداشت:

– سلام تیمسار عزیز. مزاج مبارک خوبه؟ شما گفتین یه مصدر کاری و عفیف و مودب می‌خواین به جای حسین. این علیممد که براتون می‌فرسم همه اون صفاتو داره. خوشحالم که موافقین. همین فردا.

حدودا شش ماه گذشت و علیممد از کار در خانه سرتیپ دیانت راضی بود. یه روز مینژه گفت علیممد بعد از ظهر بیا اتاقم باهات کار دارم.

– سلام منیژه خانوم چه فرمایشی داشتین.

– حالت خوبه، از اینجا راضی هسسی؟

– بله منیژه خانوم. خدا همتونو خیر بده من راضی راضی‌ام.

– زن داری؟

– نه خیر. شیرینیمونو با دختر خالم خورده بودن که منو اوردن سربازی.

– تا حالا با هیچ دختری حال کردی؟

– ایوای نه منیژه خانم. ما تو دهات یه زن میگیریم و پا به پای هم پیر میشیم.

– خب اینجا که دهات نیس. پاهام یک کمی درد می‌کنن. میخوای پامو بمالی؟

– چی بگم. اول از خانم مامانتون اجازه بگیرین.

– مگه خنگی. به مامانم چه مربوطه. گفتم بیا پامو بمال.

- غلط می‌کنم همچی کاری بکنم، منیژه خانم.

- خاک بر سرت مگه تو مرد نیسسی؟

در این لحظه در زدند و خانم جان، مادر بزرگ منیژه، آمد تو.

- علیممد تو قرار بود اتاق تیمسارو جارو کنی، اینجا چیکار داری.

- بله خانوم جان. چشم همین الان. منیژه خانم یه کاری داشتن.

علیممد از اتاق رفت بیرون و نفس راحتی کشید.

-مهری جون کی میخواین منیژه رو شوور بدین. دیگه حالا وقتشه.

- خانوم جان منیژه هنوز پونزده سالش تموم نشده چه وقت شوور دادنشه.

- خب تا شوور پیدا شه تموم شده.

-وای خانوم جان هنوز خیلی زوده.

- نخیر هیچم زود نیس. هنوز چیزی نشده دختره سر و گوشش می‌جنبه. اگر زودتر دس به کار نشین کار دسسمون میده.

- خانوم جان چه حرفا. خیالاتی شدین؟

-حرف دهنتو بفهم. دیروز وقتی داش سر به سر علیممد میذاش مچشو گرفتم. اگه تو حالیت نیس با باباش حرف می‌زنم.

-ایوای به باباش نگو که می‌کشتش.

-پس یالله دستتو بزن بالا. یه جوری باباشو راضی کن. سر ذوق بیارش که دختر بزرگشو به یه آدم حسابی بده. تا دو سه سال دیگه که نوبت فرنگیس میشه.

هر جور بود مهری تیمساررا راضی کرد که برای منیژه دنبال شوهر بگردند. قرار شد مهری و خاله زهره ش به دوستان اسم و رسم دارشان بگویند که منیژه دم بخت است و حاضرند او را به یک "آدم حسابی" بدهند. تا سه ماه بعد دو سه نفر معرفی شدند و با موافقت تیمسار به خواستگاری آمدند. دست آخر کسی که چشم تیمسار و مهری و خانم جان را گرفت سروان دکتر فرامرز خوشنویس سی ساله پسر مهندس احمد خوشویس استاد دانشکده فنی بود! منیژه هم از شدت خوشحالی در پوست خود نمی‌گنجید.

به قول سعدی "چنانکه رسم عروسی بود تماشا بود". بعد از عقد کنان، جشن مفصلی در باشگاه افسران که آن زمان در خیابان سوم اسفند بالای "میدان مشق" بود گرفتند. همه اقوام و زاد و رودشان، تیمسارها و جناب سرهنگ‌ها و غیره دعوت شدند. چای و شیرینی و کیک و پپسی و کانادا و جز آن، ولی مشروب و رقص نبود چون خانواده خود تیمسار و بعضی از دیگران تا اندازه‌ای مذهبی بودند. در نتیجه مهری خانم شنید که خواهرزاده‌اش به برادرش گفت " فیروز جون دوا سوز شدیم."

طبق قرار قبلی آن شب عروس و داماد را دست به دست ندادند بلکه هر دو به خانه پدری شان بازگشتند. از مدتی پیش سروان دکتر خوشنویس در بیمارستانی در دیترویت (ایالت میشیگان) آمریکا پذیرفته شده و قرار بود چند روز دیگر به آمریکا پرواز کند. بلیطش راهم گرفته بود. به این جهت بود که خانواده عروس اصرار کردند که جشن عروسی گرفته شود و پس از یکی دو ماه که خوشنویس در آمریکا جا افتاد منیژه را پیش او بفرستند – "به خوبی و خوشی"، به قول خانم جان. پنجشنبه روز پرواز خوشنویس بود و تیمسار و مهری خانم و منیژه و فرنگیس در فرودگاه حاضر شدند و او را بدرقه کردند.

برکه می‌گشتند مهری خانم به منیژه گفت فکرشو بکن، تا یکی دو ماه دیگه تو آمریکائی. اونم تو پونزه سالگی. می‌ترسم چشمت بزنن. برسیم خونه برات اسفند دود می‌کنیم.

————————————————————————

دو ماه، سه ماه، چهار ماه، خوشنویس گهگاه می‌نوشت که "بزودی"، "هفته دیگر"، "همین روزها" بلیط می‌فرستد ولی خبری نمی‌شد. کم کم خانواده نگران شدند و شروع به حدس و گمان کردند." شاید بیماری سختی گرفته و نمی‌خواهد حالا بگوید"؛ "شاید پدر یا مادرش بیماری بدی گرفته اند و اومنتظر سرانجام آنهاست"؛ "شاید کار بیمارستانش گیر کرده"؛ "نکند عاشق یک زن آمریکائی شده"... در این فاصله، تیمسار دو سه بار با مهندس صحبت کرد و او مرتب اطمینان می‌داد که مشکل مهمی وجود ندارد و انشاله هرچه هست بزودی رفع می‌شود.

شش ماه که گذشت خانواده دیانت داشتند کاملا کلافه می‌شدند. چه کنیم، چه نکنیم. دیگر کار داشت به آبروریزی می‌کشید. دوستان و آشنایانی که حسودیشان شده بود گهگاه گوشه و کنایه می‌زدند که "حال جناب سروان چطوره"؛ "پس منیژه جون کی میره امریکا"؛ "کشش ندین مردم حرف میزنن، آدمای بیکاروفضول میگن مگه چه اتفاقی افتاده"؛ "ما دفاع می‌کنیم ولی جلو زبون مردمو نمیشه گرفت". و همینطور تا دلتان بخواهد.

دیانت‌ها مستاصل شده بودند. تیمسار گفت هنوز که دس به دس نشدن چطوره دکترو تهدید به طلاق کنیم. خانم جان و مهری گفتند وای آگه طلاق و طلاق کشی بشه آبرو و حیثیت برامون نمی‌مونه. بعد از چند روز تو سر و کله همدیگر زدن بالاخره به این نتیجه رسیدند که خودشان برای منیژه بلیط هواپیما بخرند و او را به دیترویت بفرستند. بلیط را که گرفتند تاریخ و محل ورود را به سروان تلگراف کردند.

همان وقت خبر بهجت اثر را به مهندس وهمسرش – پدرومادر سروان — هم دادند. در نتیجه آنها هم منیژه را در فرودگاه بدرقه کردند. خانم مهندس یک دسته گل آورده بود. مهندس هم گفت منیژه جان تو مثل دختر منی برو به سلامت. فری ازت خوب پذیرائی میکنه. مهری خانم اشک شادی و غم می‌ریخت ولی تیمسار لبخند خفیفی بر دهانش بود. برای دیترویت باید در لندن هواپیما عوض می‌کردند. پرواز از تهران ۳ بعد از ظهر به لندن می‌رسید و بعد از یک ساعت ترانزیت منیژه باید هواپیمای دیترویت را می‌گرفت که در حدود ۷ بعد از ظهر به وقت آمریکا در فرودگاه شهر بزرگ و شلوغ دیترویت می‌نشست. در ان زمان دیترویت یک فرودگاه بیشتر نداشت.

————————————————————————

منیژه خسته و مرده از گمرک خارج شد و کمی گیج خورد تا بالاخره چشمش به فرامرز افتاد. جلو که دوید فرامرز او را بغل کرد و بوسید. منیژه گفت ایوای نکن آبرو ریزی میشه. فرامرز خندید و گفت اینجا بوسیدن جلو مردم عادیه. اصلا کسی توجه نمی‌کنه. به خانه که رسیدند منیژه از خستگی از حال رفت. صبح فرامرز بیدارش کرد و گفت بیا صبحونتو بخور من بایس تا نیم ساعت دیگه برم بیمارستان. منیژه گفت فری جون تو برو من خسسم. شب کی بر می‌گردی؟ فرامرز گفت حدود ساعت ۷ که بریم به یک رستوران حسابی. میز گرفته‌م.

منیژه چمدان‌هایش را باز کرد، دوش گرفت، یک تخم مرغ سرخ کرد و با نان و کره و چایی خورد و زد به کوچه. در خیابا ن یک ساعتی بالا پایین رفت ولی جرات نکرد به یک مغازه وارد شود چون می‌ترسید انگلیسی دو سه سال دبیرستان یاری نکند. برگشت خانه و یکی دو ساعت دیگر خوابید و در نهایت از جا برخاست و سرش را که صبح نشسته بود شست و خشک کرد و آراست. در حدود ساعت ۶ لباس شیک مهمانی‌اش را تن کرد و در انتظار فرامرز نشست.

فرامرز یک ربع به ۷ آمد. و این بار از منیژه یک بوسه طولانی عاشقانه گرفت و گفت میدونی چقد دوستت دارم. منیژه دست در گردنش انداخت و گفت منم فری جون، منم. رستوران مجللی بود و شام بسیار خوبی خوردند و از این درآن در حرف زدند ولی منیژه ضمنا دلش شور می‌زد که بعد چه می‌شود و چه باید بکند. اما فرامرز حریف کهنه کاری بود و با خوشروئی ناشی از اعتماد به نفس شب اول را به خوبی اداره کرد.

دو سه هفته اول ماه عسل بود. هر وقت کار بیمارستان فرامرز اجازه می‌داد گردش و تفریح می‌کردند. یک آخر هفته هم فرامرز منیژه را به شهر آبشار نیاگارا برد که منیژه را سخت به هیجان آورد. فرامرز گفت طرف کانادا از اینم جالب‌تره

ولی بدون ویزا نمی‌تونیم از پل رد شیم. ولی بعد از این رفته رفته گردش و تفریح کم شد و منیژه بیشتر و بیشتر تنها درخانه می‌ماند. خیلی از شبها فرامرز می‌گفت کشیک است و دیر می‌آید: تو شامتو بخور و بخواب. مینژه روزها را بیشتر به نامه نویسی به خانواده و دوستانش و گردش در خیابان‌های اطراف می‌گذراند. یک روز که از یک مغازه یک عروسک بزرگ زینتی خرید خیلی خوشحال بود که توانسته چند کلمه انگلیسی شکسته بسته را اداره کند. تا اینکه فرامرز نامش را در یک مدرسه انگلیسی نوشت. از ساعت ۹ تا ۱۲ کلاس می‌رفت و ناهار راهم با یک ساندویچ در مدرسه می‌گذراند.

یک روز وقتی از مدرسه برمی‌گشت درآن طرف خیابان دید که فرامرز با یک نو جوان در جهت مخالف حرکت می‌کند. ذوق کنان دوید طرفش ولی حس کرد که فرامرز از دیدن او چندان خوشحال نشد.

ـ مگه بیمارستان تعطیل شده؟

ـ نه، من ساعت ۳ و نیم عمل دارم ولی الان بیکارم. کیمبرلی با منیژه آشنا شو، همسر منه.

منیژه دستش را دراز کرد و با پسر هفده هیجده ساله خوش سیما دست داد.

ـ کیمبرلی مریضم بود. بعد با هم دوست شدیم. بچه خوبیه. امشب می‌بینمت.

یک شب در یک مهمانی دوستان ایرانی با دکتر سیروس هاشمی آشنا شدند که با همسر یکی از دوستان با لهجه انگلستان حرف می‌زد. فرامرز گفت که چطور به این خوبی با لهجه انگلیس حرف می‌زنید. جواب داد من در مدرسه شبانروزی معروف انگلیسی وینچستر درس خواندم و بعد به دانشگاه آکسفورد رفتم و حقوق خواندم. نزدیک به یک سال است که به آمریکا آمده ام. دفترم در شیکاگوست.

در حدود پنج ساعت و نیم راه ست. چند وقت است که برای یک محاکمه به دیترویت آمده ام. هنوز معلوم نیست اقامتم چقدر طول می‌کشد. بیژن گفت شما دکترید و افسر. فرامرز خندید و گفت بله از نوع سروان. من هم مدت درازی نیست که آمریکا هستم. یک شب با خانمتان برای شام تشریف بیاورید منزل ما. هاشمی گفت من ازدواج نکرده‌ام. فرامرز گفت خب خودتان بیائید. سیروس گفت با کمال میل. فرامرز: این هم شماره تلفن ما.

هم فرامرز هم منیژه از هاشمی خوششان آمد و رفت و آمدشان بیشتر شد. هاشمی آن‌ها را به رستوران دعوت می‌کرد ولی آنها معمولا با غذای ایرانی در منزل از او پذیرائی می‌کردند. یک آخر هفته هم با هم رفتند نیویورک. هاشمی نیویورک را خوب می‌شناخت ولی آنها بار اولشان بود و سخت ذوق زده شده بودند. بعد از یکی دوبار دید و بازدید دیگر، یک روز فرامرز به سیروس تلفن زد و گفت سیروس جان من امشب شبکارم و در بیمارستان می‌مانم. اگر می‌توانی بگو منیژه برایت شام درست کند که تنها نباشد. سیروس: با کمال میل. اصلا او را به رستوران دعوت می‌کنم.

این کار چند بارتکرار شد تا اینکه سیروس در حین صرف شام به منیژه گفت می‌دانی فرامرز چرا مرتبا شبکاری دارد. منیژه گفت خب کار بیمارستان این گرفتاری‌ها را هم دارد. سیروس گفت ولی نه اینقدر. می‌خواهی دلیل واقعی‌اش را بدانی. منیژه گفت کدام دلیل واقعی. سیروس: حالا که باور نمی‌کنی باید بگویم که طبق تحقیقاتی که کرده‌ام فرامرز با یک نو جوان آمریکائی به نام کیمبرلی روابط نزدیک و صمیمانه‌ای دارد. منیژه: من کیمبرلی را یک بار بر حسب تصادف دیدم. پسر معقول و مودبی به نظرم آمد، دلیل تو چیست؟

سیروس: هیچی دفعه بعد که شبکار بود ساعت ۱۱ به هتل دیانا نزدیک بیمارستان تلفن بزن و بگو ترا به دکتر خوشنویس وصل کنند.

– جدی میگی؟

– بله جدی، خیلی‌ام جدی ولی میل خودته.

– سیروس جان منو برسون خونه من دیگه نمی‌تونم اینجا بشینم.

–––––––––––––––––––––––––––

– هتل دیانا؟ لطفا مرا به اطاق دکتر خوشنویس وصل کنید.

–الو فرامرز توئی، اونجا چیکار می‌کنی.

–عمل امشب کنسل شد. دیدم دیر وخته گفتم شبو تو هتل بخوابم چون ساعت ۵ صبح بایس بیمارستان باشم.

–کیمبرلی‌ام پهلوته؟ بذار با اونم دو کلمه حرف بزنم.

– این خزعبالتوکی به توگفته.

– خودتو به اون را نزن. از سیرتا پیاز می‌دونم.

– تو حالا زاغ سیای منو چوب می‌زنی؟

–خجالت نمی‌کشی. بی شرف نو که می‌خواسسی بچه بازی کنی واسه چی منو گرفتی؟

بوق ممتد تلفن.

–––––––––––––––––––––––––––

فردا که فرامرز به خانه آمد منیژه را مثل برج زهرمار یافت. گفت من دیشب تا صبح گریه کردم و نزدیک بود به مامانم نامه بنویسم و همه چیز را بگویم.

امروز هم هزار فکر و خیال از خاطرم گذشت ولی بالاخره تصمیم گرفتم که با تو اتمام حجت کنم. حاضرم از گذشته بگذرم به شرط اینکه پشت دستت را داغ کنی و برای ابد این کار را کنار بگذاری.

- منیژه جان من ناراحتی تو رو درک می‌کنم ولی حقیقت اینه که من دو طرفه‌ام و راستش را بخواهی حتی به اون طرف تمایل بیشتری دارم. من تو رو گرفتم که خونواده تشکیل بدم ولی این دلیل نمیشه که از اون طرف دیگم دس وردارم. گذشته از اینکه به هیچوجه نمیتونم کیمبرلی رو ول کنم.

- آخه جان من این چه حرفیه. آدم صاحاب اختیار خودشه. فقط کافیه یه تصمیم قرص و محکم بگیری و این کارو ترک کنی.

-کار از این حرفا گذشته و نصیحت بی فایدس.

-پس منم نمیتونم بغل یه مرد بچه باز بخوابم.

-چه اهمیت داره؟ از خر شیطون بیا پایین و واقیعتو قبول کن.

-خر شیطون خود توئی. محاله، محاله.

-من که هنوز می‌خام ما زن و شوهر باشیم ولی اگر محاله یا طلاق بگیر یا بمون مث خواهر برادر با هم زندگی کنیم. تو زندگی خودتو بکن، منم زندگی خودمو. هر جور ترجیح میدی.

- من اگه الان طلاق بخام خونوادم دیوونه میشن. بغل خواب توام نمیتونم باشم. خیله خب تو سی خودت منم سی خودم.

دو سه روز بعد منیژه به سیروس تلفن زد و گفت هر وقت کردی یه سری به من بزن.

– فردا ظهر چطوره؟

– خیلی خوبه. ناهار بیا.

ناهارکه می‌خوردند منیژه گریه کنان کل داستان را برای سیروس تعریف کرد. سیروس گفت اصلا پاشو با من بیا شیکاگو.

– به مادر پدرم چی بگم.

– بگو دعوت داشتی و با موافقت فرامرز رفتی شیکاگو. اونم که این جورکه به من گفتی مخالفت نمی‌کنه.

این یک فرجی بود که منیژه را از خلاء و تنهائی مطلق نجات می‌داد. این بود که پذیرفت و شب با فرامرز مطرح کرد که گفت هر جورکه بخواهی. تا عازم شیکاگو شوند ظرف یک هفته منیژه و سیروس روابط نزدیک و صمیمانه‌ای برقرار کرده بودند. در واقع منیژه نزدیکی با سیروس را بیشتر از تجربه‌اش با فرامرز پسندیده بود. در شیکاگو به آپارتمان مرفه سیروس رفتند و پس از دو سه هفته منیژه احساس کرد که برای اولین بار در زندگی‌اش عاشق شده است. سیروس هر روز سر کار می‌رفت و شب منیژه را به گردش و تفریح می‌برد جوری که منیژه به کلی درد و رنج گذشته‌اش را فراموش کرد.

فرامرز هم هرازگاهی تلفن می‌زد و از آنها احوالپرسی می‌کرد. چند ماه گذشت و روابط منیژه و سیروس ادامه یافت. گاهی بگو مگو داشتند ولی هیچ وقت کار به

کشمکش نکشید. در این فاصله دو سه بار سیروس – به قول خودش برای کار وکالت – به اینجا و آنجا مسافرت می‌کرد. ظاهرا همه چیز بر وفق مراد بود تا اینکه یک شب سیروس بی خبر به خانه نیامد. و فردا شب هم، و پس فردا شب هم. منیژه که سخت نگران شده بود به کلانتری محل رفت و گفت که شریکش مفقود شده. پلیس گفت رسیدگی می‌کنیم و بزودی با شما تماس می‌گیریم. دو روز دیگر گذشت که روزنامه‌های محلی نوشتند سیروس هاشمی اهل انگلیس که دلالی اسلحه می‌کرد توسط مافیا کشته شده و جنازه‌اش را هم پیدا نکرده‌اند. معلوم شد که او اصلا در وینچستر و آکسفورد درس نخوانده بوده و در انگلیس کلاهبرداری می‌کرده و وقتی پلیس انگلیس به دنبالش می‌آید به آمریکا فرار می‌کند. روایت دیگر این بود که چون در یک معامله بزرگ مال مافیا را بالا کشیده بوده و آنها قصد جانش را داشتند خودش داستان مرگ خود را جعل کرده و سپس مفقودالاثر شده است.

منیژه اول باورش نمی‌شد ولی وقتی که گزارش‌های مفصل پلیس و روزنامه‌ها را خواند تقریبا از پا در آمد. گریه‌کنان با فرامرز که از ماجرا با خبر شده بود تماس گرفت و قرار شد که به دیترویت برگردد. پس از بازگشت وقتی که اندکی آرام گرفت به فرامرز گفت من دیگر نمی‌توانم در این مملکت بمانم.

جهنم. به خانواده‌ام خواهم گفت که من از زندگی در غربت خوشم نمی‌آید و می‌خواهم برگردم ایران. موضوع طلاق را هم الان مطرح نمی‌کنم که قبض روح نشوند تا بعد ببینیم چه پیش می‌آید. منیژه به تهران برگشت ولی بیش از یک سال پیش علیممد سربازی‌اش تمام شده و به روستاشان بازگشته بود. *

____

مدیرکلی و دزدی و زهرا خانم

یک روز روزنامه‌ها نوشتند که هادی روان پور مدیرکل شهرداری را به اتهام دزدی و اختلاس دستگیرکرده اند و دادستان دیوان کیفر کارمندان دولت برایش ادعا نامه (دادنامه) صادر کرده است. عکس و تفصیلات ! تعجبی نداشت چون هر روز یکی دو تا گردن کلفت را می‌گرفتند. مثلا سپهبد آزموده معروف به آیشمن ایران دادستان سابق ارتش و سرلشکر ضرغام وزیر دارایی را. چه رسد به دله دزدی مثل روان پورکه اصلا کسی نامش را هم نشنیده بود.

دکتر علی امینی تازه نخست وزیر شده بود و با قولی که پیش از آن درباره مبارزه بی اسان با فساد داده بود بگیر و ببند شروع شد. ضرغام را که گرفتند مجله روشنفکر نوشت "هاچین و واچین / یه پاتو ورچین!"

حسین پسر روان پورکه بچه مدرسه مروی بود - کلاس دوازده - قسم می‌خورد که یا اشتباه شده یا پاپوش برایش دوخته اند چون به خدا آقا جونم دزد نیست.

به دوستش شاپور می‌گفت. شاپور گفت لابد اشتباه شده چون پدر تو ممکن نیست دشمنانی داشته باشد که برایش پاپوش بدوزند. سرلشکر ضرغام را بگوئی یک حرفی.

روان پور پیشتر سالها کارمند عادی شهرداری بود با ماهی پانصد تومن حقوق و زن و سه فرزند. حسین پسر دومش بود، با هوش و نسبتا سر به راه. علی پسر بزرگترش ناتو بود. از مدرسه فرار کن و دائم دنبال دخترها. زهرا که دو سال از حسین کوچک‌تر بود تا اندازه‌ای زبل بود و سرو گوشش هم می‌جنبید. در واقع پنهان از خانواده، حتی از حسین، گرل فرند شاپور بود. یک خانه محقر در خیابان ری داشتند با مجموعا سه تا اطاق، یک آشپزخانه کوچک با چراغ خوراک پزی نفتی، و یک توالت کنار حیاط کوچکشان.

ناگهان زد و شخص نسبتا گمنامی به نام ابراهیم مدام شهردار تهران شد و – هیچکس نمی‌داند به چه دلیل – روان پور را تا مقام مدیر کلی بالا کشید، با ماشین و راننده! چون روان پور پولی نداشت که رشوه بدهد، زنش هم خوشگل و جوان نبود. در نتیجه کسی دلیل ارتقاء ده متری‌اش را ندانست.

فردای آن روز که زن و بچه‌اش خوشحالی می‌کردند و تبریک می‌گفتند گفت زیاد خوشحالی نکنید. تو این مملکت شغل برای کسی نمی‌ماند. باید هر چه زودتر بارمان را ببندیم و برویم.

همین طور هم شد. دزدی و رشوه. به قول عبید "دو بدین چنگ و دو بدان چنگال / یک به دندان چو شیر غرانا". از شرکت اتوبوسرانی ماهی ۱۰ در صد. از مقاطعه کار گردآوری زباله ۶ درصد. از اداره تاکسی رانی ۵ در صد. رشوه برای ترفیعات اداری نرخهای مختلف داشت. مثلا برای ریاست امور شهر دو هزار تومن. برای شغل شهرداری شمران هزار و پانصد تومن. این را بگیر و برو جلو.

حتی برای ترفیع پاسبان‌های شهرداری هم از صد تومن نمی‌گذشت. در ظرف سه سال دو باب خانه در محله سید خندان ساخته و سه هزار متر زمین هم در رستم آباد شمران خریده بود، غیر از پول و پله‌ای که در بانکها داشت.

زن و بچه‌هایش هم به نان و نوائی رسیده بودند. خانه نو در جاده قلهک. لباس تر و تمیز. دختر بازی علی و (کمتر) حسین. و دوستی زهرا با شاپورکه هنوز از بوسه گه‌گاهی در خیابان‌های خلوت جلوتر نرفته بود.

علی هر وقت فرصت بود دزدکی ماشین پدرش را از راننده شهرداری می‌گرفت و در نتیجه نانش با دخترها و کارگران جنسی تو روغن بود. ولی یک شب در حال مستی اختیار فرمان از دستش خارج شد و زد به دیوار. روان پور سخت خشمگین شد. یک سیلی آبدار به صورتش نواخت و پول تو جیبی‌اش را هم نصف کرد. و راننده مسکین را هم که به دستور پسر ارباب تسلیم شده بود کمک راننده اتوبوس کرد.

در این میان رابطه زهرا و شاپور لنگی می‌زد. می‌مردند برای اینکه یک روز در یک اطاق با هم تنها باشند ولی جا نداشتند. البته شاپور امورش را هرازگاهی در شهر نو می‌گذراند اما طبعا رابطه با زهرا امر دیگری بود.

یک روز عصر که شاپور و زهرا در یکی از کوچه‌های خلوت و قدیمی زرگنده دست هم را گرفته بودند ناگهان خسرو همکلاسی شاپور در مدرسه البرز سر کوچه پیدایش شد و خود را به آنها رساند. شاپور جون این خانم خواهرته؟ نه. پس گرل فرندته؟ آره. خانم سلام. اسمتون چیه؟ زهرا. پس شما دزدکی اینجا هستین. جای دیگه نداریم. یعنی شما هنوز با هم تنها نبودین؟ نه، جز نیم ساعتی تو کوچه‌های خلوت. این که خیلی بده. چیکار کنیم جا نداریم. بسپرش به من شاید بتونم یه فکری براتون بکنم.

دو سه روز بعد خسرو سری به دفتر عمویش زد در خیابان سعدی. یک تابلو بزرگ بالای آن بود که نوشته بود "دفتر مقاطعه کاری مهندس نادر ناطق".

سلام عمو جون. سلام پسرم حالت خوبه. مامان بابت چطور؟ الهه امتحانشو داد؟ بله عمو جون، نمره خوبم گرفت. همه حالشون خوبه. سلام می‌رسونن. تقی با سینه چائی وارد شد و دو تا استکان چائی روی میز وسط اطاق گذاشت با قندان. ناطق از پشت میز تحریر بزرگش بلند شد و روی یک صندلی راحتی روبروی خسرو نشست. خوب پسرم چی شد که فکر ما کردی؟ راستش می‌خواستم ببینم می‌تونم ازتون یه خواهش بکنم. البته خسرو جان. تو جون بخواه کیه که بده و زد زیر خنده. ولی شوخی به کنار. چکار می‌تونم برات بکنم؟

می‌دونین که جمعه‌ها بابا میشینه و خونواده و دوستان میان دیدنش. خود شما هم با مهشید جون و بچه‌ها غالبا جمعه‌ها میاین. در نتیجه خونه شلوغه. منم که نزدیک امتحانمه درس خوندن سخته. میشه این جمعه بیام دفتر شما درسمو بخونم. جمعه که دفتر واز نیست.

البته که میشه. بلند شد و با تلفن داخلی منشیش را صدا زد. آقای رحمانی گمان می‌کنم شما یک کلید زاپاس در آپارتمانو دارین. بله آقای مهندس. بدینش به خسرو که این جمعه بیاد اینجا درسشو بخونه. چشم آقای مهندس. سلام خسرو خان. بفرمائین این کلید. مرسی. عمو جان خیلی ممنون.

این که زحمتی نداره. اسمشم نیار. برو پسرم موفق باشی.

شاپور بیا کارتون جور شد. این کلید دفتر عمومه تو خیابون سعدی اونجا رو که بلدی. جمعه با زهرا برین اونجا. کارتونو که کردین بیا کافه تریای شاهرضا کلید و پس بده. قربون محبتت خسرو جون. هیش وقت این محبتتو فراموش نمی‌کنم. برو کیفتو بکن.

شاپور و زهرا وارد آپارتمان که شدند دیدند چهار اطاق دارد. سه تا از درها قفل نبودند. اطاق مهندس، اطاق منشی، و اطاق نقشه کشی و بایگانی.

بریم تو اطاق عمو. بعد از یکی دو بوسه آره و نه شروع شد. زهرا جون پس براچی با من اومدی اینجا؟ دو سه تا ماچو که تو کوچه‌های خلوت هم می‌شد کرد. خسرو این همه محبت کرد. آخه من دخترم. می‌دونم ولی راه دیگه داره. یعنی دنده عقب؟ چرا نه؟ می‌ترسم. درد داره. نه به جون تو خیلی هم کیف میده الان و اینجا وقت امتحانه تو کوچه‌ها که نمیشه.

خسرو جون سلام. مخلصم. دستت درد نکنه. خیلی کیف داد. مگه زهرا دختر نیس – یعنی دنده عقب رفتین؟ پس چی؟ البته من سابقشو با زنای شهر نو داشتم ولی این یه چیز دیگه بود. می‌تونم رومو زیاد کنم و بگم کلیدو ازم نگیری برای جمعه دیگه. همین یه دفه. دیگه رومو زیادتر از این نمی‌کنم. قول میدم. خیله خوب به عموم میگم اگه موافقت نکرد میام کلیدو ازت پس می‌گیرم.

این جمعه هم خوشحال و خندان وارد دفتر ناطق شدند و بی معطلی عملیات شروع شد. ناگهان در آپارتمان به هم خورد. صدای پا آمد و صدای کلیدی که قفل باز می‌کرد. دو نفری لخت و عور بلند شدند که لباس بپوشند که در باز شد و آقای رحمانی گفت خسرو خان...

به به، به به، چشمم روشن. منو بگو که اومدم در آبدارخونه رو واز کنم که خسروخان بتونه برا ی خودش چائی درس کنه. نگو اینجا عزب خونه‌س.

آقای رحمانی تورو خدا ندیده بگیر بذار لباس بپوشیم گورمونو گم کنیم.

زکی! ندیده بگیرم. مگه من خرم. آبروتونو با آبروی خسروخان پیش مهندس و پدر مادراتون می‌ریزم. فقط به یه شرط حاضرم بگذرم. منم شریک. نوبتی‌ام باشه نوبت منه.

آقای رحمانی نوکرتم زهرا دختره. به به چه دختری. پس دنده عقب می‌رفتین؟ منم خوب بلدم دنده عقب برم.

آقایی رحمانی التماس می‌کنم. فایده نداره. همین الان از همین جا به مهندس تلفن می‌زنم. زهرا گریه می‌کرد. رحمانی گفت نترس جونم کار من از رفقیت بدتر نیست. تا حالا شاپور لباس پوشیده بود و ناگهان زد به چاک. رحمانی گفت چه بهتر که رفت. قربون زهرا خانوم خودم برم...

از شهر دیگر سخن می‌گفتیم

داشتیم راه می‌رفتیم. به او گفتم اینجا زیادی تاریک است. برویم یک جای روشن‌تر. گفت تا آنجا خیلی راه است. شانه‌ام را با لا انداختم و گفتم هیچ می‌دانی که در آن شهر مرا اعدام کردند. گفت مگر چه کار کرده بودی. گفتم برای اینکه حرف نمی‌زدم. هر چه گفتند حرف بزنم نپذیرفتم. گفت چرا حرف نمی‌زدی گفتم نه اینکه نمی‌خواستم حرف بزنم. می‌خواستم. ولی نفسم در سینه حبس شده بود و صدایم بیرون نمی‌آمد. گفتم اقلا کمی آب بهم بدهید. یعنی با علم اشاره. چون گفتم که نفسم در نمی‌آمد. تظاهر کردند که نفهمیده اند که چه می‌خواهم.

هوا داغ بود، داغ. گفت حالا که روشنایی نیست برویم جای خنک تر. گفتم مرا از زندگی در جای خنک منع کرده اند و اگر سرپیچی کنم دوباره به دارم خواهند زد. گفت ما که حالا درآن شهر نیستیم؛ به علاوه من چی. گفتم اولا آن‌ها همه جا هستند؛ ثانیا یادت نیست که تو را هم دار زدند. گفتم چرا ولی به این دلیل که برخلاف تو من حرف می‌زدم. هر چه گفتند ساکت شو حالیم نمی‌شد. مثل

اینکه اسهال زبان گرفته باشم. گفتم پس معلوم می‌شود که همه‌اش سر حرف است. گفت بیشترش نه همه اش. گفتم پس باقیش چیست. گفت هم اینکه ما با هم هستیم. (گفتم هوا داغ بود). چیزی به خاطرم نرسید یک لحظه فکر کردم بعد گفتم مگر می‌شود ما باهم نباشیم. گفت درآن شهر با هم بودن ممنوع است. (گفتم هوا تاریک بود). گفتم ما که حالا در آن شهر نیستیم. گفت خودت گفتی همه جا جستند. گفتم پس ما چرا در این تاریکی و گرما اینجا هستیم. گفت خیال کردی که آنجا روشن و خنک است.

در ماندم. گفتم پس من و تو محکوم به تاریکی و گرمای شدید هستیم. گفت ظاهرا این طور است. گفتم باطنا چطور. گفت من از باطن خبر ندارم.

بعد گفت بگذریم چون این گفتگو به جائی نمی‌رسد. مثل دور باطل است. از هر سو که بروی آخرش به همان نقطه بر می‌گردی. ناگهان گفت آن دخترک را دیدی که به ما لبخند زد. گفتم آن که پسر بود. یک پسر خوشگل. گفت انگار چشم‌های تو آلبالو گیلاس می‌چیند. مگر ندیدی که دامن پایش بود. گفتم راست می‌گوئی در این ظلمت آدم هر چیزی را به جای هر چیز دیگری می‌بیند. گفتم که هوا خیلی تاریک بود...

بالاخره به پل رسیدیم. گفتم عجب، گمان می‌کنم ما در کنار رودخانه راه می‌رویم. گفت ظاهرا. هوا خیلی داغ بود. روی پل ایستادیم. او کنار من. نور قایق‌های تفریحی از دور افق را نقطه گذاری می‌کرد. هوا داغ و تاریک بود. *

This book contains 16 realistic short stories in Persian by Homa Katouzian. The subjects are all contemporary and reflect the socio-political situation of present Iranian society. Some of them may be described as satirical as well as realistic, and all of them touch on various aspects of recent Iranian history.

Most of the stories have real counterparts, although this varies from one story to the other; and of course, none of them is a pure reportage of a real event. They generally reflect what has been going on in Iran since the onset of the movements in the 1970s - ranging from the Islamist to the Maoist and other Marxist-Leninist movements - which led to the revolution of February 1979. They thus make up a fictional history of recent and current Iran in its various aspects.

Homa Katouzian is a writer, poet, literary critic, historian and economist. His numerous publications in English include, *"Sadeq Hedayat, the Life and Legend of an Iranian Writer"*, *"Sa'di, the Poet of Love, Life and Compassion"*, and *"The Persians: ancient, mediaeval and modern Iran"*.

Taghut and Yaqut Were Both Women

Sixteen Short Stories

Homa Katouzian

April 2025 - UK

ISBN   978-1-0686220-4-5